로또부터 장군까지 15

2024년 7월 17일 초판 1쇄 인쇄
2024년 7월 22일 초판 1쇄 발행

지은이 게르만
발행인 김관영

기획 박경무 강민구 임동관 조익현 최시준 신정윤
책임편집 오영란
마케팅지원 유형일 장민정

발행처 (주)로크미디어
출판등록 2003년 3월 24일
주소 서울시 마포구 마포대로 45 일진빌딩 6층
Tel (02)3273-5135 **Fax** (02)3273-5134
홈페이지 rokmedia.com **E-mail** rokmedia@empas.com

© 게르만, 2023

값 9,000원

ISBN 979-11-408-2221-8 (15권)
ISBN 979-11-408-1132-8 04810 (세트)

로또부터
장군까지

게르만 현대 판타지 장편소설 15

CONTENTS

Chapter 1

대한의 진심을 느껴서일까?

하현호도 눈살을 좁히더니 그제야 대한과 부사관 지원서를 번갈아 보며 고민하기 시작했다.

인사 분야 정점에 있는 그였기에 대한이 무슨 말을 하는지 모르진 않았다.

아니, 위치가 위치인 만큼 대한의 말을 누구보다 잘 이해했다.

다만 쉽게 동의할 수 있음에도 아무 말도 하지 않는 이유.

대한의 예상으로는 아마 체면 때문인 것 같았다.

'중위한테 설득당하는 게 자존심 상할 수도 있지.'

아니나 다를까, 이미 뱉은 말이 있어 그런지 반박을 하기 시작했다.

"신념을 가지고 일하는 인원들이 얼마나 많은데 그런 소리를 지껄여? 그까짓 인원 충분히 구할 수 있다."

어이가 없네.

신념 어쩌고 하더니 표현 자체는 그까짓 인원?

그러나 대한은 내색 않고 반문했다.

"그럼 부장님은 어디서 인원을 구하실 생각이십니까?"

"어디서 구하긴? 전 군에 지원자 모집 공고 돌리면 되는 거지."

"부장님, 그게 정말로 가능하다면 전 아무런 걱정이 없습니다. 특히 최전방을 안전하게 지키고 있는 엘리트들이 직접 지원해 준다면 저는 물론이고 차장님께서도 전혀 신경 쓰지 않을 겁니다."

대한의 대답에 하현호는 인상을 펴지 못했다.

솔직히 말해 대한의 말은 충분히 일리가 있었기 때문이다.

하지만 한낱 중위에게 밀리기는 싫었다.

"최전방 인원들은 당연히 제외해야지."

"하지만 군 병력 대부분이 최전방에 모여 있는데 거기를 제외한다면 필요한 인원들을 충원하기란 쉽지 않을 겁니다. 그리고 최전방에 있다고 지원대상에서 제외된다면 그들의 사기도 떨어지지 않겠습니까?"

"고작 부사관 자리 하나 지원 못 했다고 사기가 떨어져? 그릴 놈들은 뭘 해도 진작에 떨어질 놈들이야."

"그렇게 생각하기엔 혜택이 너무 좋지 않습니까. 이번 건은 단순히 혜택만 놓고 봐도 충분히 언감생심이 들 만한 혜택입니다. 그리고 사람 심리라는 게 그렇지 않습니까, 어차피 먹지 못하는 포도였어도 일부러 신포도라며 까 내리게 되는. 하지만 그럴수록 못 먹은 포도에 대한 아쉬움은 남는 그런 심리 말입니다."

"······그럼 현역병 대상이 아니라 민간에서 모집해야겠네."

더 이상 하현호에게 남은 수는 없는 것 같았다.

애초에 계급으로 찍어 누르려고 한 게 잘못이었다.

다른 사람이라면 모를까, 인생 걱정이 없는 대한은 더 이상 계급을 겁내는 사람이 아니었으니까.

대한이 말했다.

"좋습니다. 그럼 민간에서 모집하실 때 EHCT 팀을 위한 인력을 따로 충원할 수 있도록 부탁드리겠습니다."

"EHCT 팀이 필요하다는 건 나도 동의해. 하지만 그런 특혜를 줘 가면서까지 충원할 필요는 없다고 생각하는데. 만약 EHCT 팀에만 특혜를 주면 지금 열심히 근무하고 있는 이들이 박탈감을 느끼지 않겠나?"

"예, 느끼지 않을 거라고 생각합니다."

"얼씨구? 같은 일 하는데 혜택이 다르면 분명히 불만이 있을 거다."

"애초에 같은 일을 하지 않는데 어떻게 비교 대상이 되겠습니까. 그 부분을 확실하게 알려 주면 금방 해결될 문제라고 생각합니다."

"사람 심리가 그렇게 간단하게 해결 될 것 같아?"

"적어도 자신이 평생 해야 하는 직업을 고르는 과정이니 만큼 꼼꼼하게 알아보고 결정할 것입니다. 어쨌든 군인이 된다는 건 다른 직업에 비해 더 큰 사명감을 갖고 결정하는 일이니 말입니다. 솔직히 저희들도 가끔 우스갯소리로 어떤 직업은 얼마를 더 준다고 해도 못 하겠다고 농담할 때가 있지 않습니까. 그러니 EHCT 팀을 모집할 때 이 일이 얼마나 막중하고 힘든지 잘 알려 줘야 하는 것이 저희들의 의무이자 책임이라고 생각합니다."

"……."

하현호는 잠시 침묵했다.

아니, 한참을 침묵하더니 뒤늦게 입을 열었다.

"하…… 김 중위."

"중위 김대한."

"담배 있나?"

"예, 있습니다."

대한이 건빵주머니에 넣어 놓은 담배 케이스를 꺼냈다.

그리고 케이스를 열어 그에게 건네며 말했다.

"향 있는 거랑 없는 거 둘 다 있으니 취향 맞춰서 기호껏 태우시면 될 것 같습니다."

"다 네가 피우는 것들이야?"

"아닙니다."

"피우지도 않는 걸 왜 들고 다녀?"

"상급자분들 피우시라고 들고 다니고 있습니다."

대한의 대답에 하현호는 어이가 없다는 듯 피식 웃더니 이내 담배 한 개비를 골라 들며 말했다.

"너도 참 군 생활 피곤하게 하는구나."

"처음부터 이렇게 해 와서 별로 피곤하단 생각은 없습니다."

대한이 라이터를 꺼내 담뱃불을 붙여 주었다.

하현호가 담배를 깊게 빨아들이고는 말했다.

"하…… 근무 시간에 담배도 오랜만이네."

"담배 끊으셨습니까?"

"넌 날 아주 지독한 놈으로 보는구나? 담배는 다시 태어나는 거 아니면 못 끊는다. 그리고 담배는 끊는 게 아니라 쉬는 거야, 쉬는 거."

대한은 그의 말에 괜히 뜨끔했다.

그도 그럴 것이 본인도 일평생 담배를 못 끊다 비흡연자 시절로 회귀한 후에야 끊을 수 있었던 것이니까.

대한이 어색하게 웃으며 물었다.

"그럼 근무 시간에만 일부러 안 피우시는 겁니까?"

"어, 인사 쪽에 근무하려면 근무 시간 금연은 필수야."

"그렇습니까?"

"너도 인사장교 하고 있으니까 공감할 수 있으려나? 너는 항상 자리에 앉아 있겠지만 흡연자는 수시로 사무실을 들락날락 거려야 하잖아. 그때 다른 부대에서 뭐 좀 물어보려고 전화라도 오면 어떻게 할래?"

"어…… 복귀해서 다시 연락을 해 줘야 하지 않겠습니까?"

"뭐, 그게 평범한 상황이긴 하지. 그리고 미안하다 하면 바로 이해해 주잖아? 근데 우리 쪽은 그렇지가 않아. 우리한테 오는 전화들은 대부분이 상대방 쪽에서 고민에 고민을 거듭하다 전화한 것일 테니까."

대한은 하현호의 말을 바로 이해할 수 있었다.

'인사장교한테 할 전화라면 대부분이 보직과 관련된 전화들이지.'

그래서 인사장교에게 전화를 할 때쯤이면 마음의 여유가 없을 터.

즉, 몹시 예민하다는 말.

대한이 공감한다는 듯 고개를 끄덕이자 하현호가 웃으며 말했다.

"전화 한 번 안 해 본 놈이 뭘 안다고 고갤 끄덕거려?"

"하하…… 공감 능력을 좀 발휘해 봤습니다."

"뭐, 그것도 좋은 능력이네. 아무튼 그래서 내가 부장으로 있는 동안 근무 시간에는 무조건 금연이다. 근데 이번엔 예외야.

너 때문에 피우는 거니까."

대한이 어색하게 웃자 하현호가 연기를 한 모금 더 빨아들인 후 말했다.

"답답하다."

"죄송합니다."

"아니, 너 말고. 그냥 이 상황 자체가 답답하다. 내가 군 생활 시작할 땐 힘든 건 서로 하려고 난리였는데 말이야."

그건 너무 옛날인데?

거의 호랑이 담배 피우던 시절 이야기 아닌가.

대한이 어색하게 웃으며 말했다.

"워낙 살기 힘든 세상이지 않습니까. 그러니 일이라도 편해야 한다는 생각이 팽배해서 그런 거 아니겠습니까."

"그런가…… 그래, 옛날보다 요즘이 더 살기는 힘들어졌지. 그러니 그 말도 이해는 돼."

하현호가 테이블 위 유리 재떨이에 담배를 조심히 비벼 끄고는 대한에게 물었다.

"육본에 있으면 어떨 것 같냐?"

"많이 피곤하실 것 같습니다."

"고민도 안 하고 대답한다?"

"눈앞에 산 증인이 계시지 않습니까."

"크큭, 그래, 정답지가 눈앞에 있는데 고민할 필요도 없지. 네 말이 맞다. 여기만큼 피곤한 자리도 없어. 그럼 난 뭣 때문에 피곤할 것 같냐?"

"자세한 이유는 가늠할 수 없지만 주변에 눈치 볼 곳이 많아서 그러실 것 같습니다."

"내가 눈치를 본다고?"

"차장님 눈치 보셔야 하지 않습니까? 이번 일도 사실 차장님이 아니었다면 저랑 대화 안 하셔도 되셨지 않습니까."

하현호가 고개를 끄덕이고는 대한에게 손을 까딱였다.

"담배 하나 더 태우자."

"아, 예."

하현호는 처음 담배를 피울 때보다 훨씬 빨리 두 번째 담배를 피워 댔다.

그러더니 이내 한숨을 내쉬며 말했다.

"그래도 차장님 같은 분 없다."

"예, 저도 멋진 분이라 생각합니다."

"그래, 잘 보고 배워. 나중에 네가 어디까지 올라올진 모르겠지만 장군까지 달라는 마음으로 고충을 조금 이야기 해 줄게. 네 말도 맞아. 주변에 계급 높은 분들이 워낙 많으니까 눈치가 보여. 근데 그건 약과야. 진짜 눈치를 보게 되는 곳은 국민들이다."

대한이 그의 말에 경청하며 고개를 끄덕였다.

"군대는 국민들이 낸 세금으로 돌아가는 곳이잖냐. 내가 관리하는 예산들이 전부 동네 사람들 주머니에서 나왔다고 생각하면 내가 특혜라 말했던 것들 모두 쉽게 허락해 주기가 힘들어. 그리고 솔직히 말하자면 난 네가 한 말들로 국민들을 설득시킬 자신이 없다."

으음, 뭐지.

분위기가 유해지길래 잘 풀린 줄 알았더니 묘하게 거절하는 쪽으로 흘러가네?

그래도 혹시 모르니 잠자코 들어 보기로 했다.

한국말은 끝까지 들어 봐야 한댔으니까.

말을 잇던 하현호가 자리에서 일어나 창문으로 다가갔다.

그런 다음 얼마간 창밖 풍경을 보더니 천천히 말을 이었다.

"그래서 말인데. 국민들을 설득시킬 만한 뭔가가 더 필요한 것 같다."

아.

그런 말이었어?

거절이 아니란 말에 대한이 씨익 웃으며 답했다.

"말씀 주시면 바로 준비하겠습니다."

"하하, 여기가 어딘지 잊었냐?"

"육본입니다."

"육본에 와서 좋은 점이 하나 있다면 너만큼 군 생활 잘하는 놈들이 여긴 천지에 널렸다는 거지."

하현호가 휴대폰을 꺼내 누군가에게 전화를 했다.

"어, 최 장군. 바쁜가? 아, 이제 복귀했어? 어어, 바로 올라와."

장군?

장군이 왜 갑자기 나와?

다급해진 대한이 물었다.

"부장님, 혹시 저 말고 다른 분께 제 일을 맡기시려고 하시는 겁니까?"

"그게 왜 네 일이야?"

"잘못 들었습니다?"

"이만한 사이즈를 어떻게 네가 해? 이런 건 진짜 전문가가 해야지. 너보다 EHCT 팀을 더 잘 아는 진짜 전문가가."

"호, 혹시 그게 누군지 여쭤봐도 되겠습니까?"

"누구긴 누구야. 공병 병과 대장이지."

예?

누구요?

그때, 누군가 하현호의 집무실 문을 두드렸다.

그와 동시에 대한은 자기도 모르게 스프링 튕기듯 자리에서 일어났다.

이내 문이 열렸고 문을 열고 들어온 건 다름 아닌 공병실장, 준장 최성일이었다.

"어휴, 이제 복귀했다니까 그걸 기어코 부르…… 어라, 넌 누구냐?"

아, 미친.

진짜 공병실장을 부른 거였어?

　최성일이 대한에게 시선을 두자 대한은 거의 자동응답기 수준으로 대답했다.

　"중위 김대한!!"

　당연했다.

　상대는 준장임을 떠나 공병 내에서도 몇 안 되는 장군 중에 하나였으니까.

　그때, 대한의 이름을 들은 최성일이 잠시 고개를 갸웃거리더니 이내 무엇인가를 떠올렸는지 한쪽 입꼬리를 올리며 말했다.

　"김대한? 이 대령 밑에 있던 그 김 중위가 너지?"

　"이원영 대령을 말씀하시는 거라면 맞습니다!"

　"하하! 이 대령이 그렇게 칭찬하던 중위를 여기서 이렇게 보게 될 줄이야. 반갑다. 난 최성일이라고 한다."

　최성일과 이원영은 서로 모르기가 힘든 사이였다.

　이원영은 파병부대장을 하며 군의 관심을 받고 있었고 최성일은 공병실장으로서 그를 챙기지 않을 수가 없었으니까.

　대한에 대한 이야기는 그 과정에서 오간 것 같다.

　하현호는 두 사람이 악수하는 모습을 보자 어이없다는 듯 말했다.

　"어이, 최 장군. 후배 앞인데 제식은 똑바로 해야지."

　"얘 우리 병과에서 아주 잘나가는 놈이야. 잠시만 빠져 있어."

"······아니, 여기 내 집무실이라고. 둘의 대화는 네 집무실에나 가서 해."

"아니, 그럼 김 중위가 있다고 진작에 말을 하지. 그럼 진작에 내 방으로 불렀을 텐데."

하현호가 이마에 손을 짚으며 한숨을 내쉬었다.

"공병에서 잘나가는 네 후배가 엄청난 제안을 했거든요? 그러니까 앉아서 공병실장으로서의 의견을 좀 알려 주시죠."

"아유, 그런 거라면 얼마든지 알려 드려야죠."

최성일이 대한의 어깨를 토닥이며 소파로 이끌었다.

'정신 바짝 차려야 한다, 김대한.'

대한은 긴장하기 시작했다.

최성일이 공병실장인 것과는 별개로 두 사람의 사이를 미루어 보니 뭐가 하나 터져도 이상하지 않을 것 같다는 생각이 들어서였다.

'원래 친한 사이일수록 더욱 더 경계해야 되는 법.'

나쁜 뜻으로 한 말이 아니었다.

이원영과 박희재가 생각나서였다.

그 두 사람의 사이가 너무 좋은 건 둘째 치고 두 사람의 티키타카 끝에는 항상 생각지도 못 한 업무들이 기다리고 있었으니까.

최성일이 소파에 앉더니 이내 테이블의 담배를 보며 말했다.

"담배? 한 3일 버텼냐? 집무실에서 몰래 좀 피우지 말라니까. 후배도 보는데 뭐 하는 거야?"

"3일은 무슨…… 4일째다."

"아, 예, 아주 대단하세요."

"이게 다 네 후배 때문이라고."

"아니, 뭘 소장이 중위 탓을 해? 하…… 이럴 줄 알았으면 내가 다른 병과 가는 건데. 그랬으면 내가 동기들 중에 제일 높이 올라가 있었을 거다."

아, 두 사람 동기였어?

역시 이원영과 박희재 같은 사이였군.

문득 두 사람이 생각나 자기도 모르게 웃자 그 모습을 본 하현호가 말했다.

"네 후배가 비웃는데?"

"아, 아닙니다. 그냥 사이가 좋아 보이셔서 웃음이 나온 것뿐입니다."

대한의 말에 최성일이 미간을 찌푸리며 말했다.

"김 중위. 우리가 사이 좋아 보여?"

"제가 보기엔 그런 것 같은데…… 아니라면 죄송합니다."

"농담이야. 동기니까 당연히 사이가 좋지. 그나저나 우리 김 중위가 어떤 제안을 했길래 나까지 부른 걸까나?"

최성일의 물음에 하현호도 그제야 본론을 이야기했다.

"너 EHCT에 대해 어떻게 생각하나?"

"EHCT? 그게 왜 네 입에서 나오는 거지?"

하현호가 대한을 향해 턱짓했고 최성일이 대한을 흘끔 바라
보는 것도 잠시, 이내 크게 웃으며 말했다.

"하하! 이야…… 이 친구 이거, 괜히 이 대령이 입에 칭찬을
달고 사는 게 아니었구만?"

"같은 병과 챙기는 건 나중에 하고 대답이나 해 봐, 어떻게
생각해?"

"뭘 어떻게 생각해? 당연히 필요한 거지."

"너도 그렇게 생각하냐? 그럼 질문을 좀 바꿔 보자 EHCT가
필요한 건 둘째 치고 '지금 우리 상황'에 그게 필요해?"

하현호의 대답에 최성일이 인상을 잔뜩 쓰며 말했다.

"당연히 필요하지."

"당연히?"

"그럼? 필요할 때 급조하면 그걸 믿고 쓸 수나 있겠냐? 하여
튼 누가 보병 놈들 아니랄까 봐…… 공병 무시하다 큰일 난다?"

"병과 마크 뗀 지가 언젠데 보병이라고 하냐? 난 무시한 적
없으니까 설명이나 제대로 해 봐. 날 설득하면 적극적으로 부
사관 모집해 볼 테니까."

"응? 뭘 모집해?"

"부사관 모집한다고. 김 중위가 EHCT 팀 만든다고 차장님한
테 승인 받은 뒤에 나한테 현역병들 부사관 지원서 받아서 찾아
왔다."

하현호가 앞에 놓인 부사관 지원서를 최성일 쪽으로 밀어주

자 최성일이 그것들을 살펴보고는 대한을 향해 고개를 돌렸다.

"……이거 완전 미친놈이었네?"

"죄송합니다."

"아니, 죄송한 게 아니라 진짜 대단한 놈이었잖아……?"

진심이었다.

그도 그럴 게 자기쯤이나 돼야 EHCT를 신경 쓰지 이제 겨우 중위를 단 새파란 햇병아리의 머리에서 어떻게 EHCT에 대한 의견이 나왔겠는가?

하물며 현역병들을 대상으로 부사관 지원서까지 받아서 말이다.

대한이 겸손을 표했다.

"아닙니다. 차장님께서 의견을 많이 주셨습니다."

"하하, 차장님께 여쭤보면 또 다르게 말씀하실 것 같은데?"

"……."

역시 장군은 장군이다.

대한이 멋쩍게 웃어 보이자 최성일이 소파에 길게 기대며 지원서들을 쭉 훑어보았다.

그러더니 흐뭇하게 웃으며 말했다.

"그러니까 너만 설득하면 여기 있는 지원서들 다 통과된다는 거지? 여기 적혀 있는 조건들까지 싹 다 포함해서?"

"그래, 그러니까 한번 잘 설득해 봐. 한 시간 줄게."

"한 시간? 십 분이면 충분해."

최성일이 지원서를 내려놓고 생각에 빠지는 것도 잠시, 이내 하현호에게 물었다.

"전쟁 발발하면 우리가 파죽지세로 올라갈 거라 생각하지?"

"무조건."

"그 시나리오에 북한군이 도주하며 설치해 놓을 부비트랩 같은 것도 포함되어 있나?"

"당연하지. 만약 부비트랩이 예상될 시 특전사들을 앞세워서……."

최성일이 혀를 차며 하현호의 말을 끊었다.

"쯧쯧…… 북한군이 그렇게 멍청하냐? 부비트랩을 어떻게 예상할 건데? 아니, 애초에 부비트랩이 왜 부비트랩인데?"

"그건 정보부대를 이용……."

"쯧쯧……."

"그럼 화력을 이용해 개척……."

"가는 곳마다 포탄 퍼붓게? 돈이 썩어나냐?"

한마디 할 때마다 태클을 당하던 하현호가 더는 못 참겠는지 미간을 잔뜩 찌푸리며 말했다.

"아, 진짜…… 그래, 내 시나리오엔 포함 안 시켜 놨다, 왜? 그래서 요점이 뭔데?"

"뭐긴? 소중한 병력들을 전부 허무하게 잃고 싶지 않으면 관련된 전문가들이 필요하다는 얘기잖아. 주변 수색은 물론 급조 폭발물 및 부비트랩 해체까지 전문인 EHCT 팀이. 근데 이런 전문팀을 어떻게 하루아침에 뚝딱 창설해? 시간을 들여 천천히 키워나가야지."

"좋아, 미리 준비해야 될 필요성은 오케이. 하지만 EHCT 팀은 뭐 총알이 빗겨간대? 위험한 건 똑같은 거 아냐?"

그 말에는 대한이 대신 답했다.

"두 분 말씀 중에 죄송합니다만 그 질문에 대한 대답으로 지원서에 조건 하나를 더 추가하겠습니다."

"이렇게 많은데 더 추가한다고?"

"예, 선발 테스트를 추가하겠습니다. 기준은 특전사 체력 측정으로 특급 이상 맞는 인원들만 통과시키겠습니다. 물론 다른 성적들도 특전사 이상의 수준을 달성하겠습니다."

그 말에 하현호가 미간을 좁혔다.

"김 중위, 네 의욕은 알겠는데 특전사 기준이 괜히 따로 있는 줄 알아? 그걸 통과했으니 특전사라고 불리는 거야. 근데 의욕에 앞서서 기준치를 그렇게 높여 버리면 아무도 못 들어온다?"

"그 정도 준비도 안 되어 있다면 저희도 EHCT 팀으로 받을 생각이 없습니다."

"그럼 지금 지원서에 서명한 애들은? 여기 있는 애들은 전부 특전사 체력 측정 기준 특급 이상이야?"

"아직 조금 부족합니다."

"뭐?"

"어차피 이 지원서 바로 승인해 주실 거 아니지 않습니까. 이왕 이렇게 된 거 정식적으로 육군 모집에 올리고 홍보까지 하는 것으로 했으면 좋겠습니다. 그때, 한 번에 다 지원하겠습니다."

하현호가 EHCT와 특전사를 비교하는 바람에 일을 더 키워 버렸다.

하지만 대한은 오히려 잘되었다고 생각했다.

'이번 기회에 공병 체면 좀 드높여 보자고.'

언제까지 공병이라고 무시당할 수만은 없지.

최성일이 옆에서 흐뭇한 표정으로 고개를 끄덕였고 하현호는 어이없다는 듯 물었다.

"특전사보다 기준이 높으면 공고 올린 내가 욕먹어."

"부장님이 욕먹으실 필요는 없으십니다."

"그럼 누가 먹는데, 책임자가 난데?"

"차장님 계시지 않습니까."

이렇게 일을 키우게 한 장본인이었다.

물론 후배들 눈치를 봐서 자리에 없긴 했다.

하지만 그렇다고 해서 책임에서까지 자유로운 건 아니다.

'억울하면 자리 지키고 있었어야지.'

대한에게 모든 걸 맡긴 이상 이 집무실에서 나온 대화는 모두 그가 감당해야 할 터.

대한의 말에 하현호도 그제야 빙그레 미소를 띠었다.

"그러네. 차장님이라면 충분히 책임자가 되실 수 있지. 그럼 체력 기준은 그렇게 하는 것으로 하고 홍보는 어떻게, 조건 그대로 가면 되는 거냐?"

"예, 그렇습니다. 아, 그리고 설명회를 좀 했으면 합니다."

"EHCT 팀에 들어오면 뭘 해야 하는지?"

"예, 아마 대부분은 이곳이 뭐 하는 곳인지도 모를 겁니다. 그러니 진심으로 각오가 된 사람을 받기 위해서도 꼭 필요한 과정이라고 생각합니다."

"오케이. 알았어."

하현호의 가벼운 대답에 최성일이 씩 웃으며 물었다.

"그럼 설득된 거냐?"

"뭐 설득보단 몰랐던 필요성에 대해 알게 된 거지."

"어쨌든 통과란 거지?"

"통과 시켜야지. 통과 안 해 주면 공병 둘이 지금 당장 날 잡아드실 것 같은데 어떻게 통과를 안 시켜 주나?"

최성일이 대한의 어깨를 두드리며 말했다.

"내가 보자마자 인정하는 사람이 잘 없는데 넌 내가 인정한다."

"하하, 감사합니다."

"준비하는 과정에서 필요한 거 있으면 말해라. 얼마든지 도와줄 테니까."

"예, 알겠습니다!"

"그나저나 팀장으로 점찍어 둔 부사관은 누구지?"

"아, 그 지원서에는 없습니다. 이미 전문하사로 근무 중인 하사에게 팀장을 맡길 예정이었습니다."

"흠, 그럼 이번 기회에 김 중위의 사람 보는 눈을 알 수 있겠군."

갑자기?

최성일이 지원서에 있는 병사들의 인사 기록을 살피며 말했다.

"김 중위, 군인들이 하는 말들 중에 줄을 잘 잡아야 한다는 말을 알고 있나?"

"예, 알고 있습니다."

"그 말은 주로 누가 할 것 같나?"

대한이 그의 질문에 잠시 고민했다.

그러고는 조심스럽게 답했다.

"줄을 못 잡았던 사람들이 많이 했을 것 같습니다."

"맞아, 그런 의미에서 나나 하 장군은 그런 말 안 해. 왜인지 아나?"

저 질문 자체만 놓고 보면 '줄을 잘 잡아서'가 정답처럼 보일 수도 있다.

하지만 팀장 이야기에서 이어진 대화였기에 여기엔 다른 뜻이 숨겨져 있었다.

대한이 잠시 고민한 끝에 대답했다.

"부하들을 잘 두셔서 줄을 잡으실 필요가 없으셨던 것 같습니다."

"정확하다. 이건 하 장군은 물론 다른 장군들도 다 공감하는 이야기야. 그러니 궁금한 거다. 네가 그런 능력까지 가지고 있을지. 안 그러냐?"

하현호도 고개를 끄덕였다.

"김 중위를 믿고 지원서에 서명한 병사들은 물론 팀장으로 있는 부사관까지 어떤 놈인지 궁금하긴 하다. 이럴 줄 알았으면 오늘 같이 부를 걸 그랬어."

그 말에 대한은 마른침을 삼켰다.

이거, 생각보다 더 신경을 써야겠는데?

아무래도 일이 일이다 보니 우리 팀에 거는 기대가 훨씬 더 커진 듯 했다.

물론 자신이야 있다.

자신이 없었다면 애초에 이렇게까지 일을 저지르지도 않았을 테니까.

대한이 씩씩하게 대답했다.

"기대에 보답하겠습니다!"

이윽고 대화를 마무리 지은 세 사람 중 대한과 최성일이 먼저 하현호의 집무실을 빠져나왔다.

최성일이 대한과 함께 주차장으로 내려가며 물었다.

"김 중위, 정말 팀원들 체력을 전부 특전사 기준으로 맞출 수 있겠어?"

"예, 지금도 모두 특급전사는 되는 인원들이니 시간을 조금만 더 주시면 특전사도 가능할 거라고 생각합니다."

"그러면 다행이긴 한데…… 근데 특전사들은 체력 측정 종목도 더 다양한 거 알고 있지?"

"예, 알고 있습니다. 그래서 복귀하면 바로 체력 측정 준비를 시키려고 합니다."

"그래, 이왕 이렇게 된 거 1등은 자네가 데리고 있는 병력들 중에서 나왔으면 한다."

"1등은 기본으로 해야 하지 않겠습니까? 1등부터 2등, 3등 전부 현역이 차지할 수 있도록 하겠습니다."

"하하, 그렇게 되면 참 좋겠구나. 그나저나 차장님께서는 EHCT 팀을 만들어 어떻게 운용할 생각을 하고 계신 거냐?"

"그건……."

대한은 잠시 고민하더니 대답했다.

"혹시 시간 괜찮으시면 가서 직접 들으시겠습니까?"

"직접?"

"예, 그렇습니다."

최성일도 갑자기 들은 것이고 이런 건 무엇보다도 상급자에게 직접 듣는 게 낫다고 생각했다.

최성일도 그렇게 생각해서일까?

이내 시간을 확인한 그가 고개를 끄덕이더니 함께 김현식에게로 이동하기 시작했다.

김현식은 두 사람의 방문에 의문을 표했다.

하현호면 몰라도 최성일은 예상하지 못했으니까.

하지만 뒤이은 대한의 설명에 함박웃음을 지었다.

"하하! 그래, 널 보내면 어떻게든 해낼 거라 생각했다. 그나저나 특전사 기준으로 시험을 치르면 힘들지 않겠어?"

"시험이 어려울 것 같긴 하지만 통과 자체는 어렵지 않을 겁니다."

김현식도 EHCT 팀원들을 직접 보고 왔기에 대한의 말에 바로 고개를 끄덕였다.

"그런데 굳이 특전사 기준으로 시험을 치른다고 한 이유가 있나? 최 장군까지 갔다면 굳이 그러지 않아도 설득이 가능했을 텐데?"

"나중에 무시받지 않기 위해서입니다."

"응? 무시를 받는다고?"

"예, 위험한 지역에 먼저 투입되어야 할 텐데 자격 논란이 있으면 안 되지 않겠습니까?"

"자격을 논한다니? 누가?"

대한은 최성일의 눈치를 살폈다.

그러자 최성일이 김현식에게 말했다.

"차장님도 잘 아시다시피 작전에 있어 공병의 입지가 좋진 않습니다."

"흠, 그건 그렇지."

"김 중위는 EHCT 팀이 우선적으로 고려되는 전력이 되었으면 하는 것 같습니다. 예를 들어 처음 전장에 투입해서 길을 뚫고 전 병력이 전부 진군할 때까지 경계도 믿고 맡기는 그런 부대 말입니다."

김현식이 고개를 돌려 대한을 바라봤다.

대한이 고개를 끄덕이며 답했다.

"맞습니다. 저희도 전투병과입니다. 다른 병과 못지않게 큰일을 맡을 수 있습니다."

"이거…… 공병 두 명이 모여 있으니까 말 한마디 꺼내기가 무섭구만."

김현식이 웃음을 터트리며 말을 이었다.

"내가 사단장 할 때 그런 부대가 있었으면 참 좋았겠어. 그럼 고생을 좀 덜 했을 것 같은데."

"그래도 후배들을 위해 직접 만들어 주시지 않으셨습니까."

"내가 편했어야지 후배들이 편하면 뭐 해? 자고로 후배들은 고생을 죽어라 해야 해. 그래야 선배 발끝이라도 겨우 쫓아오겠지. 최 장군, 안 그래?"

최성일이 대한을 흘끔 바라보며 말했다.

"하하, 보병은 그럴지 몰라도 공병은 아닌 것 같습니다. 김 중위도 그렇고 다른 후배들도 아주 괜찮습니다."

"옆에 있다고 챙기는 거야?"

"옆에 있어서 덜 챙기는 겁니다. 김 중위가 복귀하면 더 열심히 챙겨 줄 생각입니다."

김현식이 피식 웃으며 말했다.

"김 중위 정도면 그런 생각이 들 만도 하지. 그럼 최 장군이 알아서 해. 나한테 따로 보고하고."

"예, 알겠습니다!"

그때, 김현식의 휴대폰이 울렸다.

김현식이 휴대폰을 확인하고는 자리에서 일어났다.

"하 장군 전화 왔다. 두 사람은 나가 봐. 김 중위는 복귀 잘하고."

"예, 알겠습니다. 충성!"

하현호는 대한과 최성일이 김현식과 대화를 하는 동안 EHCT 팀 충원에 대한 계획을 모두 완성한 것 같았다.

'역시 별은 그냥 다는 게 아니야.'

군과 민간 모두에게 알리는 것이었기에 신경 쓸 것이 한두 개가 아니었을 것이다.

일단 가장 큰 일이라 생각되는 건 예산.

하사 몇 명을 더 뽑는 것이라 어떻게든 만들 수는 있었다. 국방부의 예산은 절대 적은 것이 아니었으니까.

하지만 EHCT 팀원이 될 부사관은 그냥 하사가 아니었다.

혜택이 워낙 많았고 선발이 되는 순간 장기는 확정인 상황이었다.

'점점 더 많은 돈이 들어가겠지.'

후에 투입될 예산까지 모두 생각을 해야 했다.

하현호가 반대했던 이유도 여기에 있었다.

최성일이 대한과 함께 주차장으로 향하며 말했다.

"하 장군이 고생 좀 했겠네."

"이렇게 빨리 처리하실 줄은 몰랐습니다."

"당장 한 건 아닐 거다. 차장님께서 말씀하셨을 때 거절하긴 했어도 준비를 안 하고 거절하진 않았을 테니까."

"아……."

역시 다르긴 다르네.

대한이 감탄하자 최성일이 피식 웃으며 말했다.

"하 장군이 김 중위 동기는 아니잖아. 군 생활 하루 이틀 하는 것도 아니고 그 정도는 기본이지."

"하나 배워 가는 것 같습니다."

"하하, 아직 발전할 곳이 남아서 다행이구나."

"아직 할 줄 아는 것보다 배울 게 더 많습니다."

최성일이 대한의 어깨를 두드리며 말했다.

"남들이 못하는 걸 할 줄 아니까 우리가 마음에 들어 하는 거다. 하 장군이랑 만났을 때도 네가 하 장군 말을 듣고 바로 나왔으면 이런 일을 할 수 있었겠냐? 네 생각 소신 있게 잘 말했으니 하 장군도 날 불렀고 우리 둘 다 괜찮다고 하니 지지를 얻어서 차장님께 다시 보고하잖냐."

최성일이 대한의 계급장을 가리키며 말했다.

"지금 계급 때만 할 수 있는 거라 생각하지 말고 군 생활하는 내내 똑같은 마음가짐으로 군 생활 해라."

대한이 웃으며 답했다.

"예, 알겠습니다."

"그래, 믿고 있으마."

잠시 후, 주차장에 도착했고 최성일이 대한을 억지로 차에 밀어 넣었다.

대한이 그에게 말했다.

"실장님, 제가 모셔다 드리겠습니다. 차로 가시기 불편하시면 제가 실장님 계신 곳까지 걸어갔다가 따로 복귀하겠습니다."

"뭐 하러? 걸어갈 거린데 너만 불편하다."

"제가 너무 불편한데."

장군의 배웅이라니.

입장이 바뀌어도 너무 바뀐 거 아닌가.

대한은 차마 차를 출발시키지 못하고 망설였다.

그러자 최성일이 대한에게 다가와 말했다.

"불편하면 상급자 말 안 들어도 괜찮냐? 다이아 두 개라고 별하나보다 계급 높다 생각하는 거 아니면 얼른 출발해."

"하하…… 그럼 경례만 제대로 하고 출발하겠습니다."

대한이 재빨리 차에서 내려 최성일에게 경례했다.

"충! 성!"

"그래, 얼른 올라타라."

"예, 알겠습니다."

그제야 대한은 차에 시동을 걸었다.

최성일이 대한에게 말했다.

"조만간 EHCT 장비들 구할 수 있는 건 모두 보내 주마. 열심히 준비해라. 몸조심하고."

"예, 알겠습니다!"

최성일이 얼른 출발하라고 손짓했고 대한이 재빠르게 차를 출발시켰다.

이내 육본을 빠져나온 대한이 크게 한숨을 쉬고는 곧장 문경으로 복귀했다.

몇 시간 뒤, 해가 다 지고 문경에 도착한 대한은 사무실로 올라갔다.

그러자 박태현이 대한을 기다리고 있었다.

대한이 박태현에게 물었다.

"아직 퇴근 안 했어?"

"상급자가 퇴근은커녕 복귀도 안 했는데 하급자가 어떻게 퇴근하겠습니까?"

"이야……."

대한이 감탄하며 박태현에게 다가가 말했다.

"내가 꼰대가 되지 않기 위해 벌써부터 노력하는데…… 네가 날 꼰대 만들 생각이야? 얼른 기어들어가."

"하하, 장난입니다. 장난. 소댐이 꼰대 아닌 건 제가 잘 알죠. 애들 숙소 보내고 공부 중이었습니다."

"공부하고 있었다고? 네가?"

"아…… 저희가 얼굴 보고 지낸 세월이 얼만데 너무 무시하시는 거 아닙니까?"

대한의 박태현의 책상에 올려져 있는 교범을 신기하게 바라봤다.

"진짠가 보네……?"

"제가 소대장님보다 더 전문가가 되어야 하지 않겠습니까? 그러려면 열심히 해야죠."

대한이 박태현을 흡족하게 바라보며 말했다.

"자식…… 밥은 먹었냐?"

"같이 먹으려고 기다리고 있었습니다."

"가자, 맛있는 거 사 줄게."

상급자 복이 있는 만큼 하급자 복도 있는 것 같았다.

대한은 곧장 박태현을 데리고 식당으로 향했다.

✳

다음 날 아침.

대한이 출근을 해서 자료를 정리하고 있을 때 김현식으로부터 연락이 왔다.

"충성!"

─김 중위, EHCT 팀 관련해서 오전 회의가 끝났는데 전달할게 있다.

"예, 들을 준비되었습니다."

─일단 EHCT 팀원 모집은 그대로 진행하기로 했다. 근데 팀장을 맡을 친구가 박태현 하사였나? 그 친구가 팀장을 하는 건 무리라는 말이 나왔고 모두가 동의했다. 아직 경험도 없을 테고 먼저 시작했다는 것만으로 팀장을 달 수 있는 곳이 아니잖아?

EHCT 팀을 일반 부대라고 할 순 없다.

특수부대인 곳에 팀장을 짬순으로 한다?

그건 대한도 원치 않았다.

이러한 특수부대에는 짬이 아닌 실력이 순서가 되어야 하니까.

"아…… 그건 그렇습니다. 그래도 팀장이 되기 위해 노력을 게을리하지 않는 친구입니다."

─그렇겠지. 그러니까 자네가 선택했겠지. 안 그래?

"예, 맞습니다. 어제도 퇴근하지 않고 공부를 하고 있었습니다."

─그건 우릴 설득시킬 수 없다는 거 알잖아. 열심히 하는 건

과정이지 결과가 아니잖아.

"음, 그럼 팀장을 다른 곳에서 데리고 오는 것입니까?"

박태현보다 적임자가 있다면 대한도 환영이었다.

EHCT 팀장이라는 자리 자체가 좋아 보이긴 하지만 그만큼 힘든 자리이긴 했으니까.

대한과 오래 군 생활을 했던 박태현이 고생하는 것 보다 능력 있는 팀장 밑에서 편하게 군 생활을 하는 것도 괜찮다는 생각이 들었다.

그때, 김현식이 웃으며 말했다.

─다른 곳에는 적임자가 있나? 거기 있잖아.

"누구……."

─지금 전화 받는 사람.

대한이 잠시 생각하다 놀라며 물었다.

"저, 저 말씀이십니까?"

─어, EHCT 팀이 결과로 증명할 때까지 자네가 임시 팀장이 되어라.

대한은 귀를 의심했다.

"임시 팀장 말씀이십니까?"

─그래, 아직 검증도 안 된 전문하사를 팀장으로 시킬 수 있겠냐? 나야 직접 하는 걸 봤으니 그렇다 쳐도 나머지 사람들을 설득할 수 있겠어?

틀린 말은 아니었다.

입장을 바꿔 생각해 봐도 바로 받아들이기 힘들었으니까.

하지만 대한 또한 검증이 된 건 아니었다.

'내가 급조 폭발물 해체하는 걸 보여 준 적도 없는데 그러는 난 어떻게 믿어?'

대한이 김현식에게 물었다.

"그럼 저는 검증이 됐습니까? 저도 검증이 안 된 건 마찬가지 아닙니까?"

ㅡ공병실장이 보증했다.

"아……."

EHCT 팀은 공병 병과의 전투력이었다.

그렇기에 공병실장을 맡고 있는 최성일의 발언권은 어마어마했다.

'공병 관련 회의에서는 대장들만큼의 발언권을 가지겠지.'

그런 사람이 대한을 보증했다는 것.

아무도 이견을 제시하지 않았을 것이다.

대한이 잠시 고민하고는 물었다.

"저를 적임자로 생각하시고 일을 맡기시는 건 상관없습니다만…… 제가 EHCT 팀을 매번 데리고 다닐 수도 없는 노릇 아닙니까? 그러니 저보다는 현실적으로 다른 부사관이 맡는 것이 더 좋지 않겠습니까?"

부사관은 한 부대에 오래 남아 있는 반면에 장교는 보통 1년마다 한 번씩 부대를 옮긴다.

물론 대위가 될 때까지 공병단에 있긴 하겠지만 그 뒤가 문제였다.

EHCT 팀이 고작 1년 남짓한 상황에 육군이 인정할 만한 팀으로 성장할 수 있을까?

쉽지 않은 일이었다.

'뭔가 큰 사건이 있다면 좋겠지만 그런 것도 아니란 말이지.'

그렇기에 다른 베테랑이 팀을 맡고 있는 것이 낫다고 판단했다.

하지만 김현식은 그렇게 생각하지 않는 것 같았다.

―우리가 그 생각을 안 해 봤을 거 같나?

생각을 했는데도 이런 제안을 한다고?

대한이 고개를 갸웃거리자 김현식이 말을 이었다.

―일단 팀장인 너는 맡고 있는 보직을 수행하면 된다. 그리고 박 하사를 포함한 팀원들은 육본 소속으로 전환시킨 뒤 네가 있는 부대로 파견을 보낼 생각이다.

"자, 잘못 들었습니다?"

대한은 자신의 귀를 의심할 수밖에 없었다.

이게 대체 무슨 소리야?

병사 한둘 데리고 다니는 것도 말이 안 되는데 EHCT 팀은 전원이 부사관이었다.

지금은 몇 안 된다지만 모집을 하고 나면 최소 열 명 이상일 터.

그런데 부사관 열 명을 데리고 다니는 장교?

들도 보도 못한 소리였다.

대한이 아무런 대답을 하지 못하자 김현식이 다시 말을 이었다.

-너 고군반 가려면 아직 1년 넘게 남았잖아? 공병단에 있는 동안 최선을 다해 키워 보고 나중에 고군반에서는 따로 훈련 보고만 받아. 그리고 다른 부대 가면 그 부대로 파견 보내 줄게.

대한은 잠시 머리를 굴리던 끝에 계산을 끝마치고 물었다.

"……혹시 박 하사가 팀장으로 인정받기까지 얼마나 걸릴 거라 예상하시는지 여쭤봐도 되겠습니까?"

-한 일 년이면 충분하지 않을까?

일 년?

그런데 저런 대비책을 생각해 냈다고?

이건 백프로였다.

'일 년 동안 인정 못 받을 거라고 확신하는 거야.'

대한이 조용히 한숨을 삼키며 물었다.

"……그럼 방금 말씀해 주신 방법은 고려할 필요도 없었던 것 아닙니까?"

-하하, 군인이 대비책은 항상 마련해 놔야지. 혹시 몰라서 그런 거니 별로 신경 쓰지 마라.

어떻게 신경을 안 쓸까.

본인이 제안해서 만들어진 EHCT 팀이 좋긴 하지만 계속 부대를 따라다닌다면 옮기는 부대마다 대한을 불편해할 것이다.

그도 그럴 것이 해당 부대 소속도 아니고 육본에서 나온 파견 부대였으니까.

눈치를 안 보려고 해도 볼 수밖에 없었고 눈치를 보기 시작하는 순간 대한의 군 생활이 제대로 꼬이기 시작할 것이다.

'돌파구는 그것뿐인가.'

일단 일 년 동안 어떻게든 박태현을 팀장으로 만드는 것.

박태현을 어떻게 교육시킬지 고민하던 찰나 대한의 뇌리에 뭔가 스쳐 지나갔다.

"차장님, 혹시 박태현 하사는 누구한테 인정을 받습니까?"

평균적으로 1년 마다 부대를 옮기는 건 장군도 마찬가지였다.

심지어 장군은 더 짧은 경우도 많았다.

그 말인즉, 지금 김현식과 회의를 했던 사람들이 1년 뒤에는 모두 없을 수도 있다는 것.

'낙동강 오리알 되겠는데?'

김현식은 대한이 뭘 걱정하는지 알고 있다는 듯 웃으며 말했다.

─하하! 나한테 보고해. 그럼 내가 알아서 할 테니까.

"다른 부대 가시면 신경 못 쓰시는 것 아닙니까?"

─내가 다른 부대 가면 어떻게 되는지 몰라서 그런 소리를 하는 거야?

당연히 알지.

군 생활을 얼마나 했는데 그 정도 생각도 못 할까봐.

'별 하나 더 달겠지.'

김현식이 다른 부대를 가는 순간 더 이상 올라갈 곳 없는 계급으로 진급하게 된다.

육군 대장.

맡은 보직에 따라 10만에서 20만 병력을 움직일 수 있는 엄청난 계급이었다.

말인즉, 지금이랑은 비교도 못할 정도로 거대한 힘을 지니게 된다는 말.

하지만 그래서 문제였다.

'과연 그때 돼서 신경 쓸 수 있을까?'

군대에서 계급이 높으면 편하다는 말은 다 거짓이었다.

대위가 편한 계급의 마지막이었다.

점점 더 무거운 업무를 맡고 결심에 신중해야 했다.

그렇기에 대한이 예상하기로는 대장이 된 순간부터 EHCT 팀을 신경 못 쓸 거라고 확신했다.

'물론 경험해 보지 못해서 내 예상일뿐이긴 한데……'

하지만 선택지가 없다.

일단은 믿어 보는 수밖에.

대한이 빠르게 생각을 정리하고 웃으며 말했다.

"하하, 아부하는 것 같을까 봐 일부러 말씀 안 드렸습니다.

전 차장님께서 얼른 다른 부대로 가셨으면 좋겠습니다."

-자식, 갈 땐 가더라도 하던 일은 마무리하고 가야지. 중간에 가면 뒤에 사람이 얼마나 힘들겠냐?

그걸 아는 사람이 나한테 EHCT 임시 팀장을 맡겨?

대한은 김현식의 계급을 떠올리고 말을 삼켰다.

"제가 차장님께서 깔끔하게 부대 이동하실 수 있도록 최선을 다하겠습니다."

-지금 하는 것만 해도 충분하다. 아주 마음에 드니까 지치지만 마라. 그나저나 어디 보자…… 내 전달사항은 이게 끝인 것 같은데 혹시 질문 있나?

"없습니다!"

-그래, 근무 열심히 하고 난 회의 때문에 다시 들어가 봐야겠다.

"예, 알겠습니다. 좋은 하루 보내십쇼. 충성!"

-김 중위도 좋은 하루 보내라.

대한은 김현식의 전화가 끊어진 것을 확인하고는 숨을 크게 내쉬었다.

"하…… 결국 이 양반이 다른 곳 가기 전까지 인정을 받아야겠네."

골치 아파지는 건 딱 질색이었다.

그러니 이제 남은 건 타임어택뿐.

대한이 자리에서 일어나 전투복을 벗고 체육복으로 환복을 하기 시작했다.

그로부터 몇 분 뒤.

박태현이 팀원들을 데리고 사무실로 들어왔다.

"충성! 좋은 아침입니다, 소대장님."

"어, 왔냐?"

대한은 박태현이 들어오자마자 자리에서 일어나 그에게 다가갔다.

박태현이 대한의 복장을 보고는 물었다.

"전투복 가지러 가십니까? 차에 있으면 저한테 연락하시지."

"전투복은 입고 왔었지. 이건 갈아입은 거야."

박태현은 부대에서 대한의 모습을 떠올리고는 고개를 끄덕였다.

"아, 운동하러 가십니까? 하긴, 요즘 바빠서 운동을 못하시긴 했습니다."

"바빠도 운동은 틈틈이 하고 있어. 한번 쉬기 시작하면 급격히 떨어지는 거 잘 알고 있잖아."

"역시 최정예 전투원은 다르십니다."

대한이 박태현의 어깨에 손을 올리며 말했다.

"뭘 그런 거 가지고 치켜세워? 너도 달아야 하는 건데."

"……예? 저 말입니까?"

"너만은 아니고…… 팀원들 전부 나 정도 체력은 만들어야 해."

로또부터
장군까지

대한의 옆에 착 붙어 있던 박태현이 거리를 두며 말했다.

"하하…… 날도 좋은데 아침부터 왜 이러십니까?"

"……미안하다는 말은 나중에 완성되면 그때 가서 제대로 할게. 전부 나 따라 나와라."

박태현은 대한의 말에 불안을 가득 안은 채 일단 따라나섰다.

그의 머릿속으로는 뒤에 무슨 일이 벌어질지 그려지지 않았으니 그냥 따라온 것일 터.

대한은 그들에게 아무런 말도 하지 않은 채 캠핑장 근처로 향했다.

이내 근처 주차장에 차를 세운 대한이 그들을 데리고 미리 봐 두었던 장소로 이동했다.

잠시 후, 대한은 엄청난 오르막 도로가 시작되는 지점에 멈춰 섰다.

그러자 박태현이 웃으며 말했다.

"아, 작업할 거 있습니까? 하, 난 또 뭐라고. 그런 걸 뭘 미안해하십니까? 그냥 편하게 시키십쇼. 편하게."

그래.

즐겁게 시작하는 것도 좋겠지.

대한 또한 박태현처럼 웃으며 말했다.

"하하, 작업이라…… 비슷하긴 하네. 태현아, 노동과 운동의 차이가 뭔지 알아?"

"시켜서 하면 노동이고 알아서 하면 운동 아닙니까?"

"오, 그런 설명도 되겠네. 일단 내 기준에서 둘의 차이는 목적이다."

"목적?"

"그래, 일을 위해서 몸을 쓰면 노동이고 건강을 위해 몸을 쓰면 운동이다."

"역시, 배운 분은 다르십니다. 그래서 뭘 하면 됩니까?"

"작업."

동시에 대한이 오르막 끝을 가리키며 말했다.

"저기까지 전속력으로 뛰면 된다."

"……그게 작업입니까?"

"작업이지."

"……예?"

대한이 주머니에서 초시계를 꺼내며 말을 이었다.

"EHCT 팀이 되기 위한 작업."

이내 발목을 이리저리 돌린 뒤 말했다.

"도착 기준은 내가 뛰어 보고 말해 줄게. 기다리고 있어."

대한은 그대로 땅을 박차고 오르막을 향해 달렸고 오르막 끝에 도착한 대한이 외쳤다.

"50초! 넉넉히 줬다. 오늘 이 기록 들어올 때까지 집에 못 갈 줄 알아! 박태현부터 출발!"

박태현은 현실이 믿기지 않는지 당황한 표정으로 외쳤다.

"자, 잠시만! 아니, 소댐! 이게 지금……."

"일! 이! 시간 지나가는 중이다? 50초 초과하면 초과한 초당 팔굽혀펴기 하고 내려간다!"

"아이씨!"

박태현이 대한을 본 게 하루 이틀인가.

버티면 버틸수록 본인에게 더욱 손해란 걸 모르지 않았다.

박태현은 순식간에 오르막을 치고 올라갔다.

뒤에서 그 모습을 지켜보던 병력들이 놀라며 말했다.

"오, 박 하사님이 더 빠른데?"

"김 중위님이 봐주셨나보다."

"저 속도면 50초 안에 무조건 들어가지."

그러기를 몇 초.

박태현의 속력이 점점 느려지기 시작했다.

병력들의 표정이 의문으로 바뀌어 갈 때 대한이 미소를 지으며 말했다.

"애들 보기 쪽팔린다. 얼른 뛰어 올라와."

"하악! 예!"

대한의 말에 박태현이 스퍼트를 내기 시작했다.

말투를 보나 대사를 보다 뭔가 박태현은 좀 봐줄 것 같았으니까.

열심히 하는 모습을 보이라는 것 같았다.

이내 대한의 옆에 도착한 박태현이 허리를 숙이며 거친 숨을 토해 냈다.

"하악! 갑자기 이게 뭡니까?"

"55초, 팔굽혀펴기 5개 하고 다시 내려가."

"예?"

"팔굽혀펴기 10개."

"……소댐?"

"20개."

"아니, 형님?"

"40개."

박태현이 대한을 어이없게 바라보고는 것도 잠시 이내 팔굽혀펴기를 하기 위해 바닥에 손을 짚었다.

"뭔 설명을 더 해 줘야 하는 거 아니야?"

"8……."

"아아, 합니다. 하고 있잖습니까?"

대한이 팔굽혀펴기를 하는 박태현을 보며 말했다.

"아까 설명해 줬잖아. EHCT 팀이 되기 위한 작업이라고."

박태현은 대한이 또 개수를 늘릴까 봐 팔굽혀펴기를 멈추지 않은 채 답했다.

"이게 그거랑 무슨 상관입니까?"

"너희들 특전사가 돼야 한다. 아니, 정확히는 특전사랑 맞먹는 특수부대가 될 거야."

대한의 말에 박태현이 팔굽혀펴기를 멈췄다.

그리고 자리에서 천천히 일어나며 물었다.

"……지금 어디랑 맞먹는다고 하셨습니까?"

"네가 들은 게 맞아. 그나저나…… 왜 일어났냐? 넌 80개다."

"하, 미치겠네……."

대한은 박태현을 열받게 하기 위해 최선을 다하는 중이었다.

'맨 정신으로 하겠냐고.'

대한은 전생의 경험이 있었기에 최선을 다할 수 있었다지만 박태현과 팀원들에게는 동기부여가 없었다.

그렇기에 어떻게든 동기부여를 만들어 줄 생각이었다.

'그리고 가장 좋은 동기부여는 분노에서 나오지.'

대한이 다시 팔굽혀펴기를 하는 박태현에게 말했다.

"정식으로 EHCT 팀장이 되면 그땐 계급장 떼고 뭐든 해도 된다. 팀원들도 마찬가지야. 네가 내려가서 설명해 줘."

"……약속하셨습니다?"

"오늘 무사히 복귀하면 계약서까지 써 준다."

"오케이."

박태현은 분노의 팔굽혀펴기를 하기 시작했다.

그리고 그것이 분노의 시작이었다.

✳

"똑바로 안 뛰어? 우리 할머니가 너보다는 빠르겠다!"

"아아아악!"

"이 따위로 뛰어서 어떻게 선배들 제끼겠다는 거야!"

"아아아아악!! 진짜 김대한!!"

훈련이 지속되길 며칠.

팀원들의 분노는 증오가 됐다.

특히 박태현의 증오가 제일 컸다.

당연했다.

대한이 박태현만 죽어라 괴롭히는 중이었으니까.

'다른 팀원들이야 시간적 여유가 있지만 박태현은 아니지.'

대회가 끝나면 김현식의 다음 보직에 대한 이야기가 흘러 오기 시작할 것이다.

그렇게 된다면 빠르면 올해 말, 늦으면 내년 초에는 진급을 할 터.

그 사이에 어떻게든 박태현을 팀장으로 만들어야 했다.

'일단 단기하사 모집에서 압도적인 성적을 기록해 줘야지.'

특전사 기준 체력 측정 자체가 특급전사 이상이었다.

그것만 해도 대단한 것이긴 하지만 그건 특전사들 모두가 하는 것이다.

남들 다 하는 만큼 하려면 이렇게 괴롭힐 필요도 없겠지.

대한이 원하는 건 압도적 1등.

누가 봐도 놀랄 정도의 기록이었다.

다행히 박태현이라면 그런 기록을 세울 수도 있을 것 같았다.

'매일 해 뜨자마자 달리기 시작해서 해 지고도 달리고 있으니 당연한 건가?'

그렇게 흐뭇하게 생각하며 고개를 끄덕이고 있을 때였다.

위이잉-

전화가 왔다.

김현식이었다.

"충성!"

-준비는 잘하고 있나?

"예, 잘하고 있습니다."

-하하, 박 소령한테 들었다. 얼마나 준비를 시키고 있으면 애들이 매일 바뀐다던데?

"하하, 오늘이 마지막인 것처럼 열심히 준비하는 중입니다."

-마인드가 좋구나. 그래, 밥은?

"방금 전에 다 먹었습니다."

-대충 때우는 거 아니지?

"예, 아닙니다."

-밖에 나오면 특히 더 잘 챙겨 먹어야 해. 대충 챙겨 먹다가 체력 떨어지는 거 금방이다.

원래 이렇게 따뜻한 양반이었나?

아니, 그건 그렇고 안 바빠?

모든 부대가 해당되는 건 아니지만 대부분의 부대가 점심시간이 끝나자마자 오후 회의를 한다.

육본은 그런 회의가 하루 종일 있는 곳이었고 김현식은 거의 모든 회의에 참석해야 하는 사람이었다.

숙지해야 할 내용이 많을 텐데 한가하게 대한에게 전화를 하다니.

그렇다고 대한이 그의 행동에 대해 물어볼 짬은 아니었기 때문에 대답만 했다.

"명심하겠습니다."

-그래, 그건 그렇고…… 방금 인사참모부장 결재가 올라왔다.

인사참모부장이 올린 결재는 EHCT 팀 모집에 관한 결재일 터.

대한이 반갑게 답했다.

"예산이랑 관련된 건데도 결재가 빨리 통과된 것 같습니다."

-장군 세 명이 밀어붙이는데 당연히 빠르지. 곧 민간에도 모집 공고가 올라갈 텐데 네가 알아야 할 게 있다.

"예, 말씀해 주시면 잘 숙지하고 있겠습니다."

-숙지할 건 아니야. 네가 행동을 좀 해야 한다.

"아, 제가 뭘 하면 되겠습니까?"

-부사관과랑 군사학과에 설명회를 좀 하고 와라.

대한은 귀를 의심했다.

"……잘 못 들었습니다?"

로짜부터
장군까지

-EHCT 팀을 모집한다고 올려놓으면 뭔지 어떻게 알고 지원을 하겠냐. 잘 아는 사람이 돌아다니면서 설명을 좀 해 줘야 하지 않겠어?

어쩐지.

따뜻한 이미지를 잘 만들어 놓더라.

대한이 바로 대답하지 않자 김현식이 말했다.

-너만큼 잘 아는 놈이 없잖아.

"……현 상황에서는 그렇긴 합니다."

-뭐, 인사참모부장은 네가 안 간다 하면 본인이 직접 가겠다더라.

소장이 직접?

뭐 더 큰일이 있다면 그가 직접 가는 것도 이상한 상황은 아니었다.

하지만 겨우 부사관 모집 설명회로 그가 간다는 게 말이나 되나.

그리고 밑에 사람도 많은 양반이 굳이 그렇게 이야기한 건 대한에게 미안한 척 부담을 주기 위해서일 터.

애초에 본인이 직접 갈 생각이 없었을 거다.

'내가 가서 지원률을 끌어 올려 줬으면 하는 거군.'

인사참모의 정점에 있는 사람이 직접 결재를 올리는 건이었다.

다른 사람보다 더 뛰어난 성과를 얻어야 하지 않겠나.

빠르게 생각을 정리한 대한이 답했다.

"아닙니다. 제가 가겠습니다. 어디로 가면 되겠습니까? 일정 알려 주시면 바로 준비해서 출발하겠습니다."

─전국 부사관 관련 학과에 가면 되고 일정은 몇 곳만 더 확인하고 바로 보내 주마.

잠시만.

뭐라고?

전국요?

대한은 김현식이 뭔가 잘못 말한 것 같다 생각하며 물었다.

"……전국 말씀이십니까?"

─박 소령이 말해 주던데? 캠핑장도 다 지어졌고 너 거기서 애들 괴롭히면서 놀고 있다고? 그리고 몇 군데 안 돼. 전국 일주 한다 생각하고 대회 시작 전에 살살 돌아다니고 와. 일정 나오면 차량 운전병 보내 줄 테니 그거 타고 돌아다니면 된다.

박찬희 이 양반이 진짜…….

'군사관련학과가 개설된 대학이 몇 개 없다고 하더라도 하루에 몇 개씩 돌아다녀야 할 텐데.'

대학교가 적은 나라가 아니었다.

대한이 생각나는 학교만 해도 두 자리 숫자가 훌쩍 넘어간다.

물론 할 순 있었다.

문제는 시간이 되냐 말이지.

'그래도 나한테 일정 잡으라고 안 하는 게 어디야.'

어련히 알아서 잘 잡아 놓겠지.

대한은 장군들을 믿기로 했다.

"예, 알겠습니다."

ㅡ……끝이야?

"예, 하겠습니다."

김현식은 대한의 시원한 대답에 말문이 막혔다.

이내 웃음을 터트리며 말했다.

ㅡ하하, 알겠다. 일정 확정되면 공유해 주마. 정복만 준비해
놔라.

"예, 깔끔하게 다려 놓겠습니다."

김현식이 기분 좋게 전화를 끊었다.

그런 다음 박태현에게 말했다.

"태현아."

"허억, 허억…… 예."

"나 며칠간 자리를 좀 비워야 할 것 같다."

"예…… 응? 예? 어디 갑니까?"

"어, EHCT 홍보 하러 전국 돌아다녀야 할 것 같다."

박태현이 활짝 웃으며 말했다.

"하하! 전국으로 다녀오시는 거면 한참 다녀오시겠습니까?"

"아직 정확한 일정은 안 나왔는데 최소 열흘은 다녀와야 하
지 않겠냐."

"이야……."

박태현은 팀원들과 눈빛을 주고받았다.

그의 행동에 대한이 피식 웃으며 물었다.

"그렇게 좋냐?"

"에이, 아닙니다. 소대장님 고생하러 가시는데 어떻게 좋아합니까?"

"아닌 게 아닌 것 같은데? 벌써 신났는데?"

"오해십니다. 오해."

"오해는 네가 하고 있는 것 같은데? 나 당장 떠나는 게 아니야. 오늘 오후 훈련도 있고 내일도 있어."

"빚이 10억이나 10억 100만 원이나 똑같습니다. 어차피 죽기 직전까지 굴리지 않습니까?"

그 말에 대한이 피식 웃었다.

"그건 그렇지."

"그리고 다녀오시면 그쯤 저희 시험 일정도 나올 것 같은데 기쁜 마음으로 기다리고 있겠습니다."

"좋아, 그런 의미에서 너희 훈련은 지원과장님한테 맡긴다."

"……잘 못 들었슴다?"

"지원과장님이 그러셨대, 내가 너희들 괴롭히면서 놀고 있다고. 그러니 지원과장님은 너희들을 괴롭히거나 놀지 않으시고 제대로 된 훈련을 도와주시지 않을까?"

"아."

박태현과 팀원들의 세상이 무너졌다.

✳

다음 날 아침.

대한은 하현호가 결재 올린 문서를 공유받았다.

문서에는 대한의 홍보 일정 또한 전부 정리가 되어 있었는데 사이즈를 보니 일주일짜리다.

'생각했던 것보다 짧네.'

대신 하루 동선이 길었다.

하루에 다섯 개 대학교를 가야 하는 날도 있을 만큼 강행군이었지만 차라리 이게 더 나았다.

어디 여행하러 가는 것도 아닌데 여유롭게 돌아다닐 생각도 없었으니까.

휴대폰을 꺼내 일정을 정리하던 그때 박찬희가 사무실의 문을 열고 들어왔다.

"어? 오늘은 훈련하러 안 갔어?"

"아, 애들 상태가 워낙 안 좋아서 오후부터 해야 할 것 같습니다."

"응? 이제 익숙해졌다더니?"

"아, 그게…… 어제부터 헬스장 나가기 시작했습니다."

"근육통이 심하게 왔는가 보네."

"예, 침대에서도 제대로 못 내려오는 중입니다."

박찬희가 고개를 내저으며 말했다.

"어휴, 그러면 좀 쉬어야 하는 거 아니냐?"

"뭉친 근육은 또 움직여서 풀어야 하는 거 아시잖습니까."

"알지. 아는데…… 애들 얼굴이 볼 때마다 어두워지니까 그렇지."

"그거 그냥 탄 겁니다."

"그래?"

"예, 군인은 좀 태워야 되지 않겠습니까."

"하여튼 말은…….”

박찬희가 자리에 짐을 올려놓으며 물었다.

"대회 관련한 공문 따로 내려온 거 없지?"

"대회 공문 말고 다른 거 있습니다."

"뭔데?"

대한이 곧장 프린터를 해서 박찬희에게 가져갔다.

"저 대학교에 설명회 하러 가야 합니다."

"……대회지원팀장은 그런 것도 해야 하냐?"

"……제가 제일 잘 안다고 저 보고 가라고 하셨습니다."

대한의 대답에 박찬희가 웃음을 터트렸다.

"하하, 그럴 줄 알았다. 원래 일 잘하는 놈이 혼자 일 다 하는 거잖냐. 축하한다."

"후, 이런 것까지 할 거라곤 생각도 못 했습니다."

"큭큭…… 아, 그래서 저번에 차장님께서 너 업무 남은 거 있는지 여쭤보셨구나."

"과장님께서 저 할 거 없다고 말씀하셨다고 들었습니다."

"비슷한 맥락이긴 했는데…… 다 된 것도 다시 확인해 보며 완벽을 기하고 있다고 했어."

이래서 삼자대면이 필요한 거군.

박찬희가 프린트를 확인하며 말했다.

"이야, 빡세겠는데?"

"그래도 운전병 붙여 주신답니다."

"체력적인 문제가 아니라 정신적으로 힘들지 않겠어? 많은 사람 앞에서 이야기하는 게 결코 쉬운 게 아냐."

"부대에서는 전 병력 모아 놓고 수시로 교육하지 않습니까. 괜찮습니다. 별로 안 힘들 것 같습니다."

"넌 인사 쪽으로 가야겠다. 인사가 체질이네. 선발 일정도 나온 거야?"

"예, 그건 여기 있습니다."

대한이 손가락으로 일정을 가리켰고 박찬희가 잠시 달력을 확인하고 말했다.

"대회 끝나고 바로네?"

"예, 준비 기간도 짧고 잘 모르는 분야의 부대를 만드는 것이라 설명회까지 하고 오라는 것 같습니다."

박찬희가 내용을 천천히 읽어 보다 체력 측정 기준을 보고는 놀라며 말했다.

"달리기 만점이 10분? 팔굽혀펴기랑 윗몸일으키기는 100개
가 만점이네?"

"특수부대지 않습니까. 그 정도는 해야죠."

"와…… 특수부대원들도 이 기록 쉽지 않을 걸?"

"그랬으면 좋겠습니다."

"애들은 이거 다 만점 나와?"

"달리기는 가능할 것 같습니다."

"……가능하다고? 다 특급전사들이긴 하지만 그래도 10분이
쉽진 않을 텐데?"

"과장님, 애들 이틀 전에 얼마나 뛰었는지 아십니까?"

"……얼마나 뛰었는데?"

"25km 넘게 뛰었습니다. 그것도 전력질주해서."

"25km?"

"저도 놀랐습니다. 이렇게 많이 뛴 줄 몰랐습니다."

"뭔 마라토너야? 그걸 뛴 놈들도 대단하다. 그럼 시험 걱정은
안 해도 되겠네. 다 붙겠어."

"합격은 기본일 겁니다. 전 1등부터 순서대로 저희 팀원들이
하길 바랍니다."

박찬희가 고개를 끄덕이며 말했다.

"그것도 멋지겠네. 그나저나 네가 가 있는 동안 쉬면 애들 체
력 또 확 떨어지는 거 아니야?"

말 잘 꺼냈다.

대한이 씨익 웃으며 그에게 말했다.

"그래서 말인데…… 그때 과장님께서 애들 좀 봐주시면 안 되겠습니까?"

"내가?"

"예, 여기서 제가 믿을 사람은 과장님뿐입니다."

거짓말은 아니었다.

어차피 여긴 둘뿐인데 나 아니면 당신이지.

그러나 박찬희는 좀 다르게 해석됐는지 미소를 지었다.

"난 그런 거 잘 못하는데…… 그래도 후배 부탁인데 최선을 다 해 줄게."

"하하, 육사 출신이시잖습니까. 못하는 거 없으신 거 잘 알고 있습니다."

"육사도 별거 없어. 난 네가 더 대단하다 생각한다. 무튼 나도 EHCT 팀이 잘되었으면 하니 최선을 다해 줄게."

대한이 박찬희를 보며 미소를 짓는 것도 잠시, 대한은 문득 박찬희가 EHCT 팀장을 해도 괜찮을 거란 생각이 들었다.

'계급을 봐서는 나보단 박찬희가 더 잘 어울리는데?'

당장 박찬희를 팀장으로 밀어붙이고 싶었다.

하지만 박찬희는 보병이라 억지로 밀어 붙인다고 해서 밀릴 것 같지가 않았다.

그래도 하나의 방법이 있다면 이번 설명회에서 지원자를 엄청나게 뽑아내는 것.

'부사관이 30명, 40명 정도 된다면 나를 앉혀 놓을 순 없겠지.'

박찬희가 EHCT 팀에 최선을 다하는 동안 대한은 설명회에 최선을 다 해야 할 것 같았다.

며칠간의 묵은 이야기를 간단하게 나눈 두 사람은 각자 자리에 앉아 묵묵히 일을 시작했다.

대한은 설명회를 위한 PPT 제작을 시작했고 얼마 뒤, 대한의 PPT를 본 박찬희가 놀라며 말했다.

"야, 너 PPT 구성이 좀 빡세다?"

"다 계획이 있습니다."

"뭐, 네 계획이라면 믿을 만하긴 한데…… 그래도 차장님께 미리 보고는 드려라, 놀라시겠다."

"바로 말씀드리겠습니다."

이내 대한이 전화를 위해 사무실 밖으로 나갔고 잠시 후 다시 자리로 복귀한 대한이 박찬희에게 말했다.

"바꾼 대로 진행해도 상관없다고 하십니다."

"너 정말 신임받고 있구나?"

박찬희가 웃으며 혀를 내두른다.

그래도 상관없다.

애초에 PPT를 이렇게 만든 건 어중이떠중이들을 거르기 위함이니까.

이후, 대한은 PPT 제작을 마저 완성했고 최종 승인까지 깔끔하게 받아 낼 수 있었다.

그로부터 며칠 뒤, 대학교 설명회를 가는 날 아침.

주차장으로 육군 번호판이 달린 세단 하나가 도착했다.

대한이 짐을 챙기고 차를 향해 다가가자 운전석에서 하사 하나가 내렸다.

"어?"

"충성! 반갑습니다. 김 중위님. 이동진 하사입니다."

운전병을 보낸다더니 간부를 보냈네?

대한이 놀란 표정으로 답했다.

"예. 반갑습니다. 하사분이 오실 줄은 몰랐는데…….."

"아, 원래는 운전병을 보내려다 외부에 나갔을 때 김 중위님 편하시라고 절 보내신다고 하셨습니다. 짐 이쪽으로 주시죠."

대한이 개인적인 행동을 하기 편하도록 김현식이 배려한 것 같다.

아무래도 병사랑 움직인다면 혼자서 어딜 막 다니기엔 여러 모로 신경 쓰일 수밖에 없을 테니.

'하지만 하사면 그럴 필요가 없긴 하지.'

간부니까.

대한은 김현식의 센스에 미소를 지으며 차에 짐을 실었다.

이내 세단이 주차장을 빠져나가 한 대학교를 향해 달리기 시작했다.

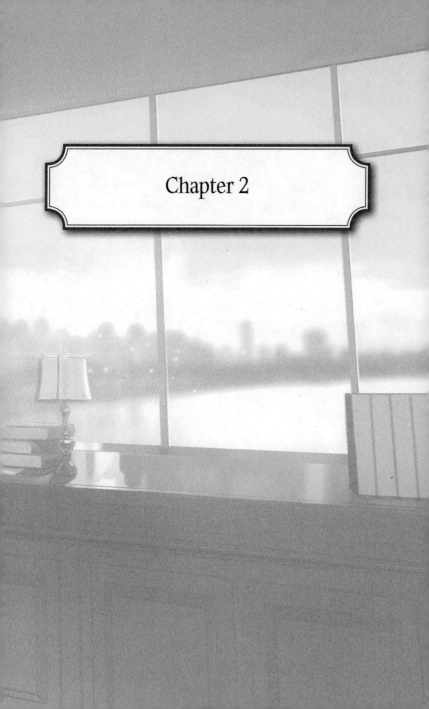

Chapter 2

이동진의 운전 실력은 아주 수준급이었다.

대한이 조수석에서 만족스러운 표정을 지으며 물었다.

"제가 본 사람 중에 운전을 제일 잘하는 것 같습니다."

"하하, 아닙니다. 저보다 더 잘하는 사람 많습니다."

"운전에도 클래스가 있나 보네요. 그나저나 원래 직책이 뭡니까? 육본에는 하사 자리가 얼마 없을 텐데?"

괜히 바쁜 사람 운전시키려고 부른 건 아닌가 싶었다.

만약 그렇다면 설명회 일정을 최대한 당겨 볼 생각이었다.

하지만 다행히 그럴 필요는 없을 것 같았다.

"저 장군 운전병 출신 전문하사입니다. 그냥 1호차 운전병처럼 이것저것 하면서 지내고 있습니다."

"아, 그렇습니까? 어쩐지 프로 같으시더라니."

옆 자리 장군들 눈치보다 중위를 태우면 얼마나 편하겠나.

없던 실력도 생겼을 터.

대한은 잠시 고민한 끝에 차 안에서 설명회 예행연습을 시작했다.

사실 할 필요는 없는데 일부러 했다.

이동진을 스카웃하기 위해서였다.

'운전 잘하는 사람도 필요해.'

언제까지 박태현이 운전할 순 없었다.

그도 그럴 것이 이동을 하면서도 할 일이 많을 테니까.

각종 작전이나 훈련을 나간다면 상급자에게 보고도 계속 해야 하지 팀원들 상태도 체크해야 했다.

그 모든 걸 운전을 하면서 동시에 한다는 건 말이 되지 않았다.

대한은 일부러 이동진이 듣기 편하게 조리 있게 설명했고 조용히 설명을 듣던 이동진이 흥미를 보이기 시작했다.

"김 중위님, 저 뭐 하나만 여쭤봐도 됩니까?"

"예, 물어보십쇼."

"김 중위님이 생각하시기에 EHCT 팀, 많이 위험합니까?"

그 물음에 대한이 입꼬리를 올렸다.

자식.

미끼를 물어 부렸구만.

대한이 말했다.

"솔직하게 말씀드리면 훈련 때는 그 어떤 훈련보다 위험하지 않을 겁니다. 하지만 작전을 나간다면 최전방에 수색 작전을 하는 상황보다 더 위험하다고 말씀드릴 수 있을 것 같습니다."

"흠……."

"관심 있으십니까?"

"솔직히 위험도보단 혜택이 끌립니다."

"많이 위험할 수도 있습니다."

"그건 그런데 전 제 미래가 더 위험한 것 같습니다."

하긴.

전문하사 하는 사람들의 다 공통적인 고민이지.

이동진이 말을 이었다.

"사실 제가 고민이 많습니다. 전문하사 끝나면 바로 전역해야 하는데 나가서 딱히 할 것도 없습니다. 그래서 부사관도 고민을 좀 해 보고 있긴 했는데 마침 EHCT를 알게 돼서 관심이 좀 갑니다."

"위험도는 상관없습니까?"

"어딜 가나 위험하지 않겠습니까. 그리고 전 언젠가 그런 특수 임무를 한 번쯤은 해 보고 싶었습니다."

오.

일이 이렇게 풀리나?

대한이 웃으며 말했다.

"하하, 알겠습니다. 지원하십쇼. 이 하사 같은 간부가 자진해서 지원해 주시면 저희야 좋죠. 그런데 제가 설명한 거 다 기억하고 계시지 않습니까? 체력 미달이면 팀원으로 못 받아 드립니다."

"제가 운전병 포지션처럼 보여서 그렇지 시간 남을 때마다 운동합니다. 그러니 체력은 자신 있습니다. 걱정 마십쇼."

대한이 이동진의 몸을 슥 훑었다.

'마르긴 했지만 근육이 잘 잡혀 있어.'

꾸준히 운동을 하고 있는 것 같긴 했다.

물론 꾸준히 운동한다고 쉽게 도달할 기록은 아니었지만.

그래도 0에서 100을 만드는 것보다 10에서 100을 만드는 것이 훨씬 좋지 않은가.

어느 정도 모자람은 합격을 시킨 후에 보완을 해도 상관없었다.

대한은 일단 시작도 전에 지원자 한 명을 확보한 것 같아 기뻤다.

그로부터 얼마 뒤, 차량은 수도권에 위치한 한 대학에 도착했다.

대한이 이동진에게 말했다.

"끝나면 전화 드리겠습니다. 어디 가서 좀 쉬고 계십쇼."

"아닙니다. 옆에 따라 다니겠습니다."

"오늘 하루 종일 운전하셔야 되는데 그러지 말고 가서 편하게 쉬십쇼. 그래야 제가 더 편하게 설명회를 하고 나올 것 같습니다."

"아…… 그럼 카페 가서 커피 한잔하고 있겠습니다. 연락 주십쇼."

이동진이 대한을 떨어뜨려 놓은 채 근처 카페로 이동했고 대한은 곧장 건물 안으로 들어가 연락했던 교수의 방으로 향했다.

문을 두드리자 안에서 들어오라는 목소리가 들려왔고 문을 열자 머리를 깔끔하게 정리한 교수가 대한을 반갑게 맞이해 주었다.

"어유, 김 중위님?"

"안녕하십니까. 김대한입니다. 만나 뵙게 되어서 반갑습니다. 교수님."

"하하, 반갑습니다. 잠깐 이쪽으로 앉으시죠."

대한은 자리로 가며 주변을 빠르게 훑었다.

그리고 그의 책장에서 ROTC 앨범의 존재를 확인했다.

자리에 앉기 전 대한이 말했다.

"저도 학군 출신입니다. 말씀 편하게 하셔도 됩니다."

"아, 그래?"

대한이 방문하는 곳은 대부분 군사학과였다.

그런 곳에 교수들이 전부 장교 출신은 아니었지만 대부분이 장교 근무 경험이 있는 사람들이었다.

그건 이 대학도 마찬가지였다.

교수는 본인이 말하기 전 대한이 먼저 알아봐 준 것이 고마운지 대한에게 함박웃음을 지으며 말을 이었다.

"난 또 육본에서 나온다길래 목 뻣뻣한 육사 출신이 올 줄 알았더니만 이런 잘나가는 후배를 볼 줄이야."

"하하, 아닙니다. 요즘 군대가 많이 바뀌었잖습니까. 육사랑 학군 경계도 많이 무너졌습니다."

"흠, 그래? 어휴, 나 때는 말이야……."

교수의 군 생활 이야기가 시작되었고 대한은 그의 이야기에 적절한 반응을 하며 선배의 기분을 맞춰 주었다.

그렇게 교수의 소대장 시절 이야기가 끝나 갈 때 쯤 대한이 재빠르게 말을 잘랐다.

"저 교수님. 오늘 몇 명 정도 오는 겁니까?"

"흠, 한 100명 정도?"

"전부 군사학과 학생들입니까?"

"군사학과는 전원 참석이고 다른 과에도 홍보를 해 놨는데 얼마나 올지 모르겠네."

"혹시 군사학과 인원들은 수업 다 빼 주신 겁니까?"

"어, 수업 대신 설명회 들으라고 해 놨지. 어쨌든 현역이 직접 오는 건데 수업보다 더 알찬 시간 아니겠어?"

군사학과 교수라면 이렇게 생각할 줄 알았다.

대한이 조심스럽게 물었다.

"설명회가 좀 일찍 끝나도 괜찮겠습니까?"

"왜, 다음 일정 있어?"

"아닙니다. 그런 건 아닌데……."

대한은 EHCT 팀이 할 일과 함께 설명회에서 사전 면접을 실시할 거라고 이야기했다.

그러자 교수가 흡족한 표정으로 답했다.

"그런 부대에 마음 약한 친구들이 지원하면 현역들 피곤하기만 하지. 설명회 시작하자마자 끝내도 되니까 편하게 해."

교수는 대한의 생각이 마음에 드는 것 같았다.

대한은 교수의 군 생활 이야기를 들어 주다 설명회가 시작되기 5분 전에야 방을 나올 수 있었다.

교수의 안내를 받아 강의실로 이동한 대한은 재빠르게 설명회 준비를 했다.

'군사학과라 그런지 그래도 관심 있는 눈치네.'

변화가 거의 없는 군에 생긴 새로운 부대였다.

대한 또한 군인이 아니었다면 궁금했을 것 같았다.

대한이 시간을 확인하고 마이크를 잡았다.

"안녕하십니까. 설명회를 진행하게 될 김대한 중위라고 합니다. 만나서 반갑습니다."

대한의 말에 학생들이 박수를 보냈다.

반응 좋네.

하지만 이 다음 PPT를 보고도 그런 말이 나올까?

대한이 PPT를 넘긴 순간 강의실은 찬물이라도 끼얹은 것처럼 조용해졌다.

왜냐하면 표지 다음 페이지가 바로 폭발 사고를 당해 다친 사람들의 사진이었기 때문.

심지어 부상 정도가 심한 사람들 사진뿐이었다.

박찬희가 놀란 것도 이것 때문이었다.

살살 꼬셔도 모자랄 판에 처음부터 이렇게나 겁을 주다니.

하지만 대한의 생각은 달랐다.

'나중에라도 나갈 사람은 처음부터 거르는 게 맞다.'

대한은 발만 담그는 게 아니라 발부터 정수리까지 EHCT 팀에 푹 담글 사람을 찾았다.

그래서 처음부터 겁을 주기로 한 것.

조용해진 강의실에 대한이 말했다.

"학생분들이 얼마나 군 생활을 길게 할지 모르지만 길게 하면 할수록 이러한 위험에 훨씬 더 많이 노출이 되는 부대라고 미리 말씀드리겠습니다. 그런데 다른 군인들과 대우는 같습니다."

여기까지 이야기를 하고 학생들의 반응을 살폈다.

하나도 빠짐없이 대한의 눈치를 보고 있었다.

'설명회가 아니라 비평회인 줄 알겠어.'

대한이 씁쓸하게 웃으며 말했다.

"출석 때문에 어쩔 수 없이 앉아 계신 분들이 대부분인 것으로 알고 있는데 지원할 생각 없으신 분들은 바로 나가셔도 됩니다. 교수님과 출석 관련 내용으로 협의가 된 사항이니 걱정 말고 나가시면 됩니다. 일단 5분만 쉬었다가 하겠습니다. 그동안 나갈 사람들 나가 주시면 됩니다."

대한이 앞에 있으면 편하게 나가지 못할 걸 알았다.

그래서 일부러 자리를 피해 주었고 그로부터 5분 뒤 대한이 다시 강의실로 들어가자 100명이 넘게 들어있던 강의실에 남은 사람은 고작 1명뿐이었다.

심지어 여학생이었다.

대한이 그녀에게 가까이 다가가 물었다.

"저 설명을 듣고도 하고 싶으세요?"

"예, 멋있잖아요."

대한은 그의 대답에 고개를 갸웃거렸다.

'저 PPT 어디에서 멋을 찾은 거지?'

뭐지?

이상한 학생인가?

어쨌든 사람이 남아 있긴 하니 설명회를 마저 진행하긴 해야 했다.

그래서 바로 PPT를 한 장 넘기고 말했다.

"일단 EHCT 팀은 특수부대인 만큼 체력 기준이 엄청 높습니다."

"와…… 10분? 사람이 뛸 수 있는 거예요?"

"예, 가능합니다."

"저거 남군 기준이죠?"

"군인 기준입니다. 남군 여군 차이를 따로 두지 않습니다."

"흠…… 계속 저 기준은 유지되는 부대인 거죠?"

"제가 전역하지 않는 한 그럴 겁니다."

"하, 겨우 13분대에 들어가는데 불가능하겠네."

1명 남아 있던 여학생이 짐을 챙기기 시작했다.

본인이 EHCT 팀에 합격할 가능성이 없다고 판단한 것 같다.

그렇게 짐을 챙기는 여학생에게 대한이 물었다.

"13분? 뜀걸음 13분 나오십니까?"

"예, 조만간 남자 특급 기록 깰 수 있을 것 같은데 10분은 좀 힘들 것 같네요."

자리에서 일어난 여학생의 체구는 왜소했다.

체구를 확인하니 여학생의 재능이 더 뛰어나단 걸 알 수 있었다.

대한이 재빠르게 그녀에게 말했다.

"잠시만요."

"예?"

"몇 학년이십니까?"

"1학년이에요."

"아직 병과 고민 중이신 거죠?"

"병과도 고민이고 부사관으로 갈지 장교로 갈지도 고민이에요."

일단 지원을 하게끔 하려고 했다.

군인이 아닌 다른 직업을 선택하게 된다면 아까울 것 같았으니까.

하지만 장교의 선택지가 있다면 굳이 당장 지원하게 할 필요는 없었다.

"아, 그럼 공병 장교가 되어 주십쇼. 그럼 저 특수부대를 맡을 수도 있을 겁니다."

"흠…… 알겠어요."

"나중에 면접이나 궁금한 거 있으면 연락 주세요. 알려 드릴 수 있는 거라면 알려 드리겠습니다."

대한은 PPT 마지막 페이지로 넘겨 본인의 휴대폰 번호를 보여 주었다.

여학생은 대한의 번호를 저장한 뒤 강의실을 빠져나갔다.

'4학년까지 열심히 운동한다면 남자 기준 체력 특급은 그냥 할 사람이네.'

일단 목적과는 달랐지만 한 학생에게 길을 제시하긴 했다.

큰 의미로 봤을 때는 잘한 것.

대한이 자료들을 정리하고는 그대로 교수의 방으로 찾아갔다.

교수는 30분도 안 되어 다시 온 대한을 보며 미안해했다.

본인의 학생들이 의지가 없는 것 같아 보였으니까.

'본인 목숨보다 소중한 게 어디 있다고.'

사실 목숨을 걸어야 한다고 말한 대한이 더 이상한 것이었다.

그것도 군인도 아닌 민간인한테 한 소리였다.

그러니 어찌 보면 당연한 반응이었다.

대한은 교수에게 인사를 마치고 이동진에게 전화했다.

"끝났습니다. 다음 학교 넘어가시죠."

―예? 벌써 끝났습니까?

"예, 지원자가 없어서 금방 끝냈습니다."

―아…… 알겠습니다. 잠시만 기다려 주십쇼.

대한은 이동진의 차를 타고 순식간의 다음 학교로 향했다.

그렇게 월요일 예정된 5개의 학교를 모두 돌아다녔다.

대한이 편한 복장으로 환복을 마치고 차에 타자 이동진이 시간을 확인하며 말했다.

"아직 5시입니다. 퇴근 시간도 안 됐습니다."

"할 거 다 했는데 퇴근하시죠."

"와…… 어떻게 5개 설명회를 이렇게 빨리 끝내십니까?"

"그래도 몇 명한테 번호는 줘 놨습니다."

"그 친구들은 지원할 것 같으십니까?"

대한이 고개를 내저었다.

"아뇨, 다 장교로 지원하라고 했습니다."

"아, 참. 대학교였지."

의지는 다 마음에 들었다.

하지만 현실적으로 체력이 불가능해 보였다.

그렇기에 장교를 추천한 것.

남은 건 기다리는 것뿐이다.

인재 발굴은 농사와도 같으니까.

대한이 휴대폰을 확인하고는 물었다.

"숙소 위치 알고 계시죠?"

"예, 바로 가시겠습니까?"

"먼저 들어가서 쉬십쇼. 전 친동생 좀 만나고 가겠습니다."

"아, 알겠습니다."

대한은 차에서 내려 곧장 택시를 불렀다.

그리고 민국을 만나러 이동했다.

✖

대한은 택시를 타고 민국이 알려 준 식당 앞에 도착했다.

택시에서 내려 주변을 살폈고 식당 앞 대기석에 앉아 있는 민국을 확인했다.

대한이 그에게 다가가 어깨를 툭 치며 말했다.

"뭐 하냐."

"어, 형!"

오랜만에 얼굴을 보는 것이었기에 두 사람 모두 서로가 반가웠다.

대한이 민국의 얼굴을 살피고는 식당으로 들어갔다.

민국이 대한에게 물었다.

"근데 택시타고 온 거야?"

"어, 그럼 뭐 타고 와?"

"하여튼…… 택시가 제일 빠른 줄 알지? 수도권에서는 전철 타는 게 제일 빨라. 어쩐지 늦더라."

"나도 알지. 퇴근 시간 안 걸릴 줄 알았는데 제대로 걸릴 줄 몰랐다."

"형은 군인하길 잘했어. 서울에 취업했어 봐. 매일 지각했을걸?"

"하…… 그래, 군복 입은 거 후회 안 하니까 그만 떠들고 얼른 밥이나 먹자. 하루 종일 떠들었더니 배고프다."

민국이 씨익 웃으며 자리에 앉았다.

"설명회 반응은 좋았어? 군에서 뭘 하든 반응이 별로 좋진 않을 것 같은데?"

"반응을 볼 틈도 없이 다 보내 버렸다."

"응? 그건 무슨 소리야."

"위험한 일을 해야 하는 부대라 어지간한 각오로는 합격하더라도 전역할 게 뻔하거든. 그래서 얼마나 위험한지 알려 주고 나갈 사람 미리 나가라고 했지."

"이야…… 다 나갔겠네?"

"뭐, 그래도 한두 명씩은 남더라."

"몇 명이 들었는데?"

"한 백 명씩은 들은 거 같은데?"

"형, 그러면 안 혼나?"

"혼날 짓이었음 애초에 안 했지."

"그런가."

대한이 음식을 주문하고는 물었다.

"넌 학교 다닐 만해?"

"어, 고등학교 때보다 훨씬 널널해서 좋아."

"공부 잘하는 놈이니 수업도 잘 적응했겠지. 그거 말고 생활하는 거 말이야. 기숙사는 어때? 자취방 구해 줄까?"

"어휴, 서울 월세가 얼마나 비싼데 자취방이야?"

"우리가 뭐 옛날의 우리냐."

"그것도 뭐 그렇긴 한데…… 됐어, 난 지금이 좋아. 기숙사는 기숙사의 맛이 또 있어."

"그것도 그렇지. 룸메는 누구야? 같은 과?"

"같은 과는 아니고 기계공학과 다니는 친구야. 걔도 우리처럼 아버지 없이 자랐다고 하더라고."

"같은 사연이 있는 친구네."

"이걸 같다고 해야 하나…… 우린 기억이 없지만 그 친구는 다 기억한대. 초등학생 땐가? 사고로 돌아가셨대."

"힘들었겠네."

"그래도 아무렇지 않게 이야기 하는 보면 이젠 괜찮나 봐."

대한이 고개를 끄덕이며 말했다.

"친하게 지내. 같은 방 쓰는 사람끼리 사이 안 좋으면 진짜 매일이 피곤하거든."

"친하긴 한데 좀 이상해."

"뭐가 이상해?"

"밤에 뭘 자꾸 혼자 만들어."

"만들다니?"

"로봇 같은 걸 만들더라고."

"로봇?"

"엉, 과제인 줄 알고 물어봤는데 그냥 취미로 혼자 만드는 거래."

"로봇…… 난 프라모델 조립도 안 해본 것 같은데…… 근데 그거 안 시끄러워?"

"괜찮아. 각자 최적의 패턴을 찾았거든."

"그게 뭔데?"

"내가 기절하기 직전까지 도서관에 있다가 기숙사 방으로 들어오는 거."

그 말을 들은 대한이 미간을 좁혔다.

"그게 뭐가 최적이야? 너 또라이냐?"

"우리는 맞으니 됐어. 근데 우리 학교엔 우리보다 더 이상한 애들 많아."

하긴.

전국에서 제일 날고 기는 애들을 모아 놨는데 걔네가 정상일 리가 있나.

　민국이 말을 이었다.

　"근데 형 전국 돌아다닌다 그러지 않았어?"

　"어, 내일 오전에 한 곳만 더 갔다가 바로 강원도로 갈 거야."

　"어디 대학 가는데?"

　"왜?"

　"그냥. 근데 그거 많이 힘들어?"

　"힘들기만 하겠냐. 체력도 좋아야 해."

　"얼마나?"

　"최소가 특전사야. 왜? 너 해 보려고."

　"아니 그냥 물어본 거지. 몸 쓰는 거면 난 못 해."

　그래, 머리 쓰는 거면 몰라도 몸 쓰는 거면 넌 아웃이다.

　대한이 웃으며 물었다.

　"밥이나 먹자."

　잠시 후, 대한이 시킨 음식들이 테이블에 깔렸고 두 사람은 식사를 즐겼다.

　든든하게 식사를 마친 뒤 대한이 민국을 택시에 태워 보내고 본인 또한 숙소로 복귀했다.

다음 날 아침.

대한은 수도권에서 마지막 설명회를 준비 중이었다.

강의실에서 PPT를 틀어 보며 확인하던 그때, 강의실로 한 남자가 들어왔다.

대한이 그에게 인사했다.

"안녕하세요. 설명회 들으러 오신 거 맞습니까?"

"아, 예."

아직 설명회가 시작하려면 30분도 더 남았다.

강의도 이렇게 일찍 도착하지 않을 텐데 설명회를 이렇게 일찍 온다고?

대한이 시간을 확인하고는 그에게 물었다.

"혹시 EHCT에 대해 알고 있으세요?"

관심이 있는 것이라면 아무도 없는 지금 이야기하는 것이 훨씬 편할 것 같았다.

대한의 물음에 그가 고개를 끄덕이며 답했다.

"예, 알고 있고 관심도 가지고 있습니다."

"현역들도 생소해하는 것인데…… 군대에 원래 관심이 있으신 겁니까?"

"군대에는 관심 없고 EHCT에만 관심이 있습니다."

"……예?"

EHCT에만 관심이 있다고?

그럴 수가 있나?

밀덕 뭐 그런 건가?

대한은 그에게 무어라 물어보려다 이내 입을 다물었다.

그의 맑은 눈동자에서 형용할 수 없는 은은한 광기를 느꼈기 때문이다.

'이럴 땐 일단 그냥 지켜보는 게 상책이다.'

대한은 그에게 어색하게 웃어 보이고는 강단에 서서 학생들이 오길 기다렸다.

잠시 후 학생들이 하나둘씩 강의실로 들어오기 시작했고 이내 백여 명의 학생들이 자리에 앉았다.

대한은 어제 했던 것과 똑같이 설명회를 시작했다.

그리고 대한은 곧장 쉬는 시간을 부여하며 강의실을 떠났다.

'경험상 5분도 필요 없어. 3분이면 다 나가고 없어.'

5분도 고민할 필요도 없다 생각하는지 학생들은 순식간에 빠져나갔었다.

이번에도 그럴 거라 생각하고 한 3분쯤 지났을 때 강의실을 들어갔다.

그리고 이번에도 한 명밖에 남아 있지 않았다.

그런데 남아 있는 사람이 가장 먼저 온 그 사람이었다.

"학생만 남았어요?"

"예."

"어······."

"혹시 한 명만 남으면 안 되나요?"

"아, 아닙니다, 그런 거."

대한은 그의 말에 남은 PPT를 빠르게 넘기며 설명을 마저 했다.

그리고 PPT 마지막 장을 확인한 남자가 대한에게 말했다.

"똑같은 대우를 받는 게 아니었군요?"

"예, 맞습니다. 혜택을 보고 지원을 하지 않았으면 했기에 일부러 말하지 않았습니다. 그럼 이제부터 질문을 받겠습니다. 질문 있으십니까?"

"흠······ 혹시 개발도 같이 하는 중인가요?"

"개발? 어떤 개발 말씀하시는 겁니까?"

"급조 폭발물을 제거하기 위한 장비나 장치 같은 것들요."

"당장 개발하고 있는 건 없습니다. 하지만 EHCT 팀이 만들어지면 그런 쪽으로 개발이나 수입을 본격적으로 실시할 예정입니다."

"개발을 EHCT 팀이 하는 건가요?"

"팀원들은 직접 현장에서 임무를 수행해야 하기 때문에 개발에는 참여하지 않을 것 같습니다. 뭐, 현장에서의 경험을 공유할 순 있겠죠."

그는 대한의 대답에 잠시 생각에 잠겼다.

대한은 그를 가만히 기다려 주었고 생각 정리를 마친 그가 입을 열었다.

"현장 투입과 개발을 같이 하고 싶은데 방법이 있을까요?"

"말씀하시는 개발은 직접 장비나 장치들을 만드시겠다는 거죠?"

"예."

이번엔 대한이 고민했다.

'진짜 밀리터리 덕후 같은 건가?'

뭐든 상관없었다.

EHCT 팀원들이 해야 하는 임무는 목숨을 담보로 하는 일.

그렇기에 그들이 쓰는 장비는 완벽해야 했다.

아직 배울 게 많은 대학생들에게 장비 개발을 맡길 순 없는 노릇.

물론 EHCT 팀이 된다면 고등 교육을 받게 된다.

그때 본인에게 필요한 장비들을 개발한다면 더 할 나위 없는 투자긴 했다.

하지만 그들이 받게 될 교육은 개발과는 관련이 없는 것일 터.

어떤 방식이든 개발에 직접 참여할 순 없었다.

대한이 고개를 내저으며 말했다.

"간접적으로 참여하는 것 그 이상은 불가능할 것 같습니다."

"그럼 개발하는 곳에 들어가서 EHCT 팀으로 지원을 가는 건

가능한가요?"

"군인이라면 지원할 수도 있겠지만…… 다른 부대에 지원이 필요한 부대를 만들 생각이 없기에 아마 그럴 일도 없을 것 같습니다."

"흠…… 그럼 뭘 선택해야 하지……."

대한이 고개를 갸웃거리며 물었다.

"뭐 때문에 고민하시는 겁니까?"

"전 두 개 다 하고 싶거든요."

"둘 중 하나도 제대로 하기 힘든 것 아닙니까?"

"개발은 이미 어느 정도 할 줄 알고 생각도 있어요. 근데 체력도 자신 있습니다."

그 말에 대한이 눈살을 좁혔다.

'보통 이런 경우는 둘 중 하난데.'

쥐뿔도 없는데 똥배짱만 있거나 아니면 '진짜'거나.

대한이 그에게 물었다.

"선택을 도와드릴까요?"

"그래주시면 좋죠."

"둘 중 뭐든 증명할 수 있는 게 있다면 일단 한번 보여 주시겠습니까? 뭐, 개발이라면 아는 걸 말씀하시면 될 것 같고 체력이라면 달리기 기록을 말씀해 주시면 될 것 같습니다."

"개발 쪽이면 전국 대학생 로봇경진대회 대상. 지금 세계대회 준비 중이고 체력은 제가 강원도 산골에서 태어나서 평지보다 오르막이 더 편해요."

······어라?

엄청난 사람이었잖아?

대한은 그가 가진 두 가지 다 마음에 들었다.

체력이 좀 모자란다 싶으면 바로 연구원이 되라고 추천했을 텐데 체력도 괜찮을 것 같았다.

대한이 그를 흥미롭게 바라보던 그때, 그의 입에서 익숙한 이름이 흘러나왔다.

"못 믿겠으면 민국이한테 한번 물어보세요."

"네?"

"김민국이요. 강사님 동생분요. 제가 민국이 룸메이트거든요. 사실 어제 민국이한테 강연 학교 물어보고 일부러 찾아왔습니다."

"예? 아, 어? 아······!"

순간 무슨 말인가 했는데 뒤늦게나마 이해됐다.

어쩐지.

그래서 갑자기 어디 학교 가냐고 물은 거였구만?

대한이 물었다.

"그······ 성함이?"

"방지욱이요."

"잠시만요."

대한은 강의실을 나가 민국에게 전화를 걸었다.

그리고 방지욱에 대해 물었다.

민국은 방지욱이 진짜로 갔냐며 놀라며 그에 대한 이야기를 더 상세히 해 주었다.

대한은 민국의 말을 다 듣고는 다시 강의실로 들어왔다.

그리고 그의 앞에 앉으며 말했다.

"……체력도 좋고 로봇 쪽에서는 엄청난 유망주시라고요?"

"유망주는 모르겠는데…… 민국이가 그러던가요?"

"네."

"그럼 뭐…… 그래서 어떻게 하면 될까요? EHCT에 지원할까요?"

그러게.

어디로 지원하게 해야 하나?

어느 쪽을 선택하든 아쉬움이 있었다.

'엄청난 유망주를 기대하긴 했는데 이건 상상 그 이상이잖아.'

막상 이런 인재를 눈앞에 두니 결정이 힘들었다.

그러다 대한은 그의 대학을 다시 떠올리고는 양심껏 말했다.

"근데 서울대생이면 스펙이 좀 아까운데…… 그 스펙이면 차라리 안전하고 돈을 더 많이 벌 수 있는 곳에 가는 게 낫지 않나요?"

상식적인 조언이었다.

대한민국 최고라는 대학에서 세계 대회까지 나가는 인물을 간부로 만든다고 한다?

물론 장교나 부사관을 무시하는 건 아니다.

하지만 누구든 대한과 같은 이야기를 할 것이다.

그때, 방지욱이 대한에게 말했다.

"돈 필요 없습니다."

"돈이 필요 없다고?"

"예, 이미 많아요."

"그게 무슨……."

잠깐.

근데 민국이 룸메 아버지 안 계신다고 하지 않았나?

그럼 뭐지?

투자의 귀재인 건가?

대한이 물었다.

"그럼 혹시 왜 하필 EHCT인지 이유를 여쭤봐도 될까요?"

대한의 물음.

그리고 곧 이어지는 대답에 대한은 그만 입을 다물 수밖에 없었다.

"저희 부모님은 사고로 돌아가셨습니다. 근데 그 원인이 유실 지뢰였어요."

방지욱은 담담하게 말했고 대한은 멍하니 방지욱을 바라봤다.

잠깐의 침묵.

방지욱이 물었다.

"대답이 됐을까요?"

"……충분히."

"그럼 좀 도와주세요. 뭘 어떻게 해야 할지 잘 모르겠거든요. 저도 그냥 도와달라는 거 아니에요. 뭘 하든 형한테 도움 되는 사람이 될게요."

"후…… 자, 잠시만요."

대한이 자리에서 일어나 다시 강의실 밖으로 나갔다.

그리고 이번엔 김현식에게 전화했다.

"충성! 혹시 지금 통화 괜찮으십니까?"

―어, 마침 시간 돼서 전화 받았다. 무슨 일이야?

"좀 특이한 지원자가 있어서 연락드렸습니다."

―특이한 지원자?

대한은 방지욱에 대해 설명하기 시작했다.

그리고 모든 설명이 끝났을 때 김현식 역시 침묵할 수밖에 없었다.

―아니, 그런데 아무리 그런 사연이 있어도 서울대가 부사관 지원은…… 근데 EHCT 팀이 지뢰 제거도 하나? 그런 건 보통 사단 공병대대에서 하잖아.

"실전 훈련을 위해 실시하려고 하긴 했습니다. 형태가 변한 지뢰는 급조 폭발물과 비슷한 느낌이기에 실력 향상에 도움이 될 거라 판단합니다."

-흠, 그것도 그렇겠네.

"일단 이 친구가 원하는 게 EHCT 팀에 속해 있으면서 직접 장비도 개발하고자 하는 것 같습니다."

-그건 좋은 일이지. 아주 환영할 일이야. 그런데 뭘 더 고민해?

"말한 대로 된다면 진짜로 좋긴 하겠지만…… 이게 가능한 일인지 확신이 없어서 전화 드렸습니다."

-아, 가능 여부 때문에 나한테 연락한 거냐?

"예, 그렇습니다."

-너는 어떻게 생각하는데. 그렇게 됐으면 좋겠어?

"이 친구의 학벌을 생각하면 추천하고 싶지 않은데 개인사를 생각하면 못 말릴 것 같습니다. 그래서 가능하다면 이 친구가 두 개 다 해 주면 좋을 것 같습니다."

-그럼 그렇게 만들어. 가능 여부는 내가 정할 수 없는 거다.

"그럼 누가 정할 수 있습니까?"

-누구긴 누구야. 부대 만든 놈이 하는 거지.

"……저 말씀하시는 겁니까?"

-그래, 지금 만드는 EHCT가 어디 소속이냐?

"육본 소속입니다."

-성과만 낸다면 즉각적으로 밀어줄 사람들이 득실거리는 곳이야. 부대 운영만 잘한다면 네 발언권이 강해지겠지. 그럼 네가 그 부대를 위해 못할 건 없을 거다.

김현식의 말마따나 지금 상황에 이 이상 뭔가를 요구하는 건 불가능했다.

　　특전사를 뛰어넘는 특수부대가 될 거라고 자신하지만 결과가 없었다.

　　나중에 특전사를 뛰어넘는 부대라는 판단이 선다면 대한이 뭘 제안하더라도 승인을 해 줄 터.

　　덕분에 답을 얻었다.

　　"감사합니다. 덕분에 확신을 얻었습니다."

　　─조금만 생각해도 답이 나오는 건데, 답지 않은 실수를 했구나.

　　"하하, 그럼 그냥 엄청난 유망주를 발견해서 자랑하려고 전화한 거라고 생각해 주십쇼."

　　─하하, 그래. 알겠다. 그나저나 서울대에도 설명회를 하러 갔나? 못 봤던 것 같은데?

　　"아, 제 동생 룸메이트인데 동생한테 제 스케줄을 듣고 설명회를 들으러 직접 찾아왔습니다."

　　─동생 룸메이트? 자네 동생도 서울대야?

　　"예, 법학과 다닙니다."

　　─이야…… 어쩐지 너도 머리가 잘 돌아간다더니 집안이 머리가 좋은가 보구나.

　　"하하, 아닙니다. 전 그렇게 안 똑똑합니다. 동생한테 유전자가 다 쏠린 것 같습니다."

―자식들이 다 잘하고 있으니 부모님이 좋으시겠구나. 무튼 EHCT 팀에 관한 건 모두 다 네가 알아서 진행해라. 어차피 네가 발전시키고자 하는 방향으로 가기 위해서 네 노력이 많이 들어갈 테니.

음, 뭔가 던져 놓는 느낌이 강하게 들지만 그건 그것 나름대로 괜찮겠지.

오히려 관심을 가지고 이래라저래라 했으면 더 피곤했을 터.

하지만 그렇다고 부담이 아예 없는 건 아니었다.

'러프하게 계산해도 10명만 뽑아도 매년 3억 이상이 들어가는 팀이다. 결코 가볍게 대해선 안 돼지.'

확신을 얻은 대한은 김현식의 전화를 끊고 강의실로 들어갔다.

그리고 방지욱의 앞에 앉아 잠시 생각을 정리하고는 말했다.

"일단 두 가지 다 동시에 할 순 있을 것 같습니다."

"어떻게요?"

"일단 졸업부터 하세요."

"예? 부사관은 학위가 없어도 지원할 수 있는 거 아니에요?"

"그렇죠. 하지만 아까 PPT에서 보셨다시피 팀원 모두 대학 진학을 시킬 예정입니다. 필요한 공부를 제대로 할 기회를 줄 예정인데 그쪽은 이미 최고의 대학에서 공부 중이지 않습니까? 제대로 준비 잘하고 오십쇼. 공부든 체력이든."

아무래도 방지욱은 금방이라도 대학을 때려치우고 군복을

입을 생각이었던 것 같다.

하지만 대한의 말에 금방 동의한 듯 고개를 끄덕였다.

"알겠어요. 졸업하고 지원할게요."

"말을 잘 이해한 것 같아서 다행인데 혹시나 속상할까 봐 한 마디 더 하자면 저희도 준비할 시간이 필요합니다. 개발을 하려면 투자가 필요한데 투자를 할 만한 부대인지 검증이 되어야 하지 않습니까? 지원하시기 전까지 투자를 할 만한 가치가 있는 부대로 성장시켜 놓겠습니다. 그리고 그때 가서 다시 생각해 보세요."

"뭘 생각하라는 말씀이시죠?"

"부사관에 지원해서 만족할 수 있을지. EHCT 팀에 한번 들어오면 정년을 채울 때까지 군복 못 벗을 테니까요."

방지욱이 고개를 끄덕이자 대한이 웃으며 자리에서 일어났다.

"아참, 체력 준비하는 김에 민국이도 운동 좀 시켜 주세요. 애가 공부만 하는지 말랐더라고요."

"노력해 볼게요."

대한은 방지욱과 인사를 나누고는 강의실을 정리했다.

그리고 잠시 뒤, 차량에 올라타자 이동진이 물었다.

"이번에는 좀 오래 계셨습니다? 또 이상한 친구들이 있었습니까?"

"이상하긴 했는데 좀 좋은 방향으로 이상한 친구였습니다.

일단 출발하시죠. 가면서 말씀드리겠습니다."

"하하, 알겠습니다."

대한은 나머지 일정을 빠르게 소화하기 시작했다.

✻

그 주 금요일.

대한은 모든 일정을 마치고 다시 문경으로 도착했다.

이동진을 보내고 난 뒤 김현식에게 보고할 자료를 만들기 위해 사무실로 올라갔다.

퇴근 시간이 한참 지난 시간이었지만 사무실의 불은 켜져 있었다.

대한이 사무실의 문을 열자 박찬희가 업무를 보는 중이었다.

"충성!"

"어? 김 팀장!"

박찬희가 대한을 반갑게 맞이했다.

대한이 그에게 물었다.

"금요일인데 아직 퇴근 안 하셨습니까?"

"아, 이제 출근한 거라고 보면 돼."

"그게 무슨 말씀이십니까?"

"EHCT 팀원들 박살 내느라 하루 종일 밖에 있었거든."

"아하? 애들 체력은 좀 좋아졌습니까?"

"고작 5일 운동시켰는데 체력이 좋아졌겠어? 그냥 현상 유지 정도만 시켰지."

"생각보다 힘이 많이 들어가는 일인데 감사합니다."

"아냐, 군이 발전하기 위해 필요한 친구들이잖아. 군대에서 먹고 사는데 그 정도는 해야지."

생각 자체가 다른 사람이었다.

대한이 흐뭇하게 웃으며 물었다.

"애들은 다 퇴근한 겁니까?"

"음, 이제 슬슬 올 거 같은데?"

"……예?"

뭔 소리야?

지금 시간이 몇 신데?

그때 사무실 문이 벌컥 열렸다.

"하아하아…… 겨우 찾아왔네."

박태현을 비롯한 EHCT 팀원들이 군장을 멘 채 사무실로 들어왔다.

그들의 모습은 아주 심각했다.

온몸이 땀으로 젖었고 전투복과 군장에는 흙먼지로 뒤덮여 있었다.

박찬희가 시간을 확인하고는 말했다.

"한 5분만 늦었으면 다시 출발할 뻔했다. 다음부터는 조금 더 여유 있게 도착할 수 있도록."

"후······ 예. 알겠습니다."

대한이 어이없어 하며 물었다.

"뭘 시키신 겁니까?"

"아, 독도법 시켰어."

"도, 독도법 말씀이십니까?"

독도법.

지도 한 장으로 목적지에 도달하는 훈련이며 평가에도 이용되는 것이었다.

그런데 보통 독도법은 야산에서 한다.

그래야 지도를 보고 찾는 연습이 되니까.

목적지가 시청인 독도법은 처음 듣는다.

그러다 문득 뭔가 떠올랐다.

"······혹시 시작을 야산에서 하신 겁니까?"

"어, 나도 모르는 곳에 떨어뜨려놨어."

"아······ 시작점이 어딘지 모르는 곳에 떨어뜨리셨구나."

참신한 방법이네.

대한이 감탄하던 그때 박태현이 군장을 내려놓았다.

쿠웅!

대한은 군장에서 느껴지는 묵직함에 고개를 갸웃했다.

"뭐냐?"

"······들어 보시겠습니까?"

대한이 군장을 들자 엄청난 무게감이 느껴졌다.

동공이 풀린 박태현이 말했다.

"한 80키로 될 겁니다."

"……이걸 메고 뛰어온 거야?"

"……저는 소대장님이 돌아오셔서 너무 기쁩니다."

"갑자기?"

"악마 위에 대악마가 존재했습니다……."

팀원들 모두 같은 생각인지 대한을 애처롭게 바라봤다.

대한이 그들의 눈빛을 살피고는 박찬희에게 물었다.

"과장님, 업무 바꾸십니까?"

교관을 따로 구해야 하나 생각하고 있었는데 엄청난 교관이 옆에 있었다.

박찬희가 키보드에서 손을 내리며 말했다.

"하하, 좋지. 내 업무 귀찮은 거 많다?"

"귀찮은 게 어려운 것보다 훨씬 괜찮죠. 인수인계해 주시면 깔끔하게 처리해 놓겠습니다."

대악마가 진짜 교관이 되는 순간이었다.

✳

대한은 박찬희와 정말로 포지션을 변경했다.

덕분에 팀원들의 훈련 효율이 올랐지만 그 대신 대한은 서류 지옥에 빠지게 되었다.

그도 그럴 게 대회 준비가 막바지라 뿌려야 할 공문도 수십 가지였고 이때까지 진행했던 모든 것들을 다시 한번 더 확인해 봐야 했다.

그래도 할 만했다.

직접 뛰는 것보단 앉아서 일하는 게 낫다는 게 대한의 지론이었으니까.

'이제 방송만 잘 확인하면 되겠네.'

미리 준비할 수 있는 건 다 한 상태였다.

특히 방송 같은 경우에는 대한이 준비하는 게 아니라 안유빈이 개막식 인근에 직접 와서 준비를 해야 하는 것.

그들도 프로였기에 따로 신경 쓸 필요는 없었다.

대한이 수첩에 메모를 한 뒤 잠시 휴식을 취했다.

'드디어 다시 부대로 복귀할 수 있겠구만.'

부대가 그리웠다.

아니, 사람이 그리운 것일 수도 있었다.

몇 년째 매일같이 보던 사람들을 안 보다 보니 심심한 것 같았다.

부대의 간부들을 떠올리던 대한이 휴대폰을 꺼냈다.

그리고 박희재에게 연락했다.

"충성!"

-뭐야? 너 죽은 거 아니었어?

"하하, 요즘 정신없는 일이 좀 있어서 연락을 못 드렸습니다."

　－바쁘게 일하는 거야 잘 알지. 그래도 좀 쉬어 가면서 해라. 젊다고 다 버티는 건 아니니까. 정신없는 일은 다 정리된 거냐?

　"예, 조금 전에 마무리하고 단장님 보고 싶어서 연락드렸습니다."

　－아휴, 징그러운 놈. 그래도 기분이 나쁘진 않네. 시간 괜찮을 때 불러라. 놀러 가마.

　"그럼 오늘 오시겠습니까?"

　－오늘?

　"예, 평일 날은 오시기 힘드시지 않습니까. 저녁까지 준비 해 놓겠습니다."

　원래 여행은 갑자기 떠나는 게 매력 아니겠나.

　물론 준비를 하는 입장에선 부담이겠지만 준비야 대한이 하는 거고 박희재는 몸만 오면 된다.

　그리고 주말에 관사에서 심심하게 지내고 있을 박희재가 거절하지 않을 거라 확신했다.

　아니나 다를까, 박희재의 목소리가 밝아졌다.

　－하하, 뭐 고기만 사서 가면 되는 거냐?

　"몸만 오시면 됩니다."

　－그래? 일단 알겠다. 좀 이따 출발할 때 연락하마.

　캠핑장 테스트를 위해 한번 불러야 하긴 했는데 타이밍이 꽤 괜찮은 것 같았다.

'대회까지 딱 2주 남았으니까 부족한 점이 있으면 보완할 수 있어.'

대한이 수십 번도 넘게 확인을 해 봤지만 그래도 혹시 모르지 않나.

원래 문제는 남이 봤을 때 더 잘 찾는 법이었다.

대한은 박희재가 오기 전 준비를 위해 근처 마트로 향했다.

※

그날 저녁.

대한이 주차장에서 박희재를 기다렸다.

잠시 후, 박희재의 차가 주차장으로 들어왔고 차에선 박희재뿐만 아니라 3명이 더 내렸다.

"어? 과장님, 중대장님?"

박희재는 혼자 오지 않고 대한의 최측근을 모두 데리고 왔다.

여진수, 정우진, 박희재.

여진수가 대한을 보며 반갑게 말했다.

"넌 파견 갔다고 보고 체계를 잊은 거야? 이런 일은 나부터 타고 단장님까지 올라가야지."

"하하, 죄송합니다. 주말에 바쁘실 줄 알고 일부러 연락 안

드렸습니다."

"그럼 단장님은 안 바쁘시냐?"

"관사에서 심심해하시는 거 알고 있었기 때문에 연락드렸습니다."

"……역시 인사장교 맞네."

그들의 대화에 박희재가 억울해하며 말했다.

"어어? 내가 얼마나 바쁜 사람인데? 다른 사람이 불러 봤어봐라, 내가 왔나. 네가 불렀으니 온 거야."

그러자 여진수가 고개를 갸웃거리며 말했다.

"드라마 정주행하고 계셨다고……."

"쓰읍!"

박희재의 취미에 한바탕 웃음을 터트리고는 대한의 차로 옮겨 탔다.

"바로 캠핑장으로 출발하겠습니다."

"그래, 가 보자."

대한의 차가 캠핑장으로 빠르게 이동했고 잠시 후, 캠핑장에 내린 박희재가 감탄하며 말했다.

"이야…… 이렇게 크고 깔끔한 곳은 또 처음 보네."

"야간에 좀 시끄러워도 옆 텐트에 최대한 피해가 안 가게 하기 위해서 텐트 사이의 거리를 최대한 멀게 만들었습니다."

"내가 전국 캠핑장을 다 가본 건 아니지만 이렇게 사이 거리가 여유 있는 캠핑장은 처음 본다. 자리에 콘센트도 다 설치한 거야?"

"예, 그렇습니다. 콘센트 없으면 불편하지 않습니까."

"캠핑은 약간 불편한 맛에 가는 건데…… 캠핑을 안 하는 놈이 만들어서 그런가? 아주 그냥 집을 만들어놨네."

박희재는 물론 여진수와 중대장들도 신기한 듯 캠핑장을 구경했다.

그들의 반응에 대한은 안도했다.

'이 양반들이 신기해하는 걸 보니 역대급 캠핑장인 건 확실하구만.'

대한이 전국 캠핑장 후기들을 보며 아쉬운 점을 종합해서 만든 캠핑장이었다.

이윽고 이곳저곳 둘러보던 박희재가 물었다.

"크기도 어마어마하네. 몇 명 수용할 예정이냐?"

"일단 숙소가 여기만 있는 게 아니지 않습니까? 괴산이랑 영천에 나눠서 수용할 거라 여유 있게 한 명씩 들어가는 텐트도 있다고 치고 500명 정도 예상하고 있습니다. 근데 만약 여길 희망하는 사람이 많으면 그보다 훨씬 더 늘어날 예정입니다."

"접수는 언제부터 받는데?"

"다음 주부터 시작할 것 같습니다."

"여기 말고 다른 곳에 접수하면 후회하겠는데? 공문 날렸어?"

"아직입니다."

"이런 곳 숨겨 놨다고 괜히 불만 나올라. 사진 제대로 찍어서 알려 줘라."

"예, 알겠습니다!"

대한은 일행을 데리고 세팅해 놓은 곳으로 이동했다.

그곳엔 박찬희와 EHCT 팀이 불을 피워 놓고 대기 중이었다.

"충! 성!"

"하하, 반가운 얼굴들이 먼저 와 있었구나."

박희재가 그들 하나하나 악수를 하며 인사했다.

그리고 이내 성대한 바비큐 파티가 시작되었고 대한은 그 모습을 휴대폰에 남겼다.

✳

다음 주 월요일.

대한은 참가국들에게 보낼 공문을 마무리했다.

그리고 김현식에게 마지막 검토를 받았다.

김현식이 흔쾌히 허락해 주었고 대한이 만든 공문이 참가국들에게 전송이 되었다.

'캠핑장 접수가 너무 없으면 큰일인데.'

막상 때가 되니 좀 걱정이 되긴 했다.

대회장을 가기엔 캠핑장만큼 편한 숙소도 없었다.

하지만 영천이나 괴산의 숙소도 그렇게 멀지만은 않았다.

더 쾌적한 숙소를 원하는 참가 선수가 많다면 캠핑장은 텅텅 빌 터.

그렇게 된다면 욕먹을 각오는 해야 할 것이다.

그도 그럴 것이 캠핑장은 대한의 입김이 아주 많이 들어간 것이었으니까.

물론 캠핑장을 경험한 이들은 모두 만족했지만 그들은 어디까지나 대한의 최측근들 아닌가.

반응을 기다리며 긴장된 채 하루가 지나갔다.

그렇게 다음 날 아침, 대한에게 모르는 번호로 전화가 왔다.

"예, 전화받았습니다."

-김대한 중위님?

"예, 맞습니다. 누구십니까?"

-안녕하세요. 국방부에서 근무하는 이철희 주무관입니다. 군인체육대회 숙소 접수를 받는 중인데 캠핑장 수용 인원이 정확히 얼마나 되는지 여쭤보려고 연락드렸습니다.

"아, 안녕하십니까. 보내 드린 것처럼 여유롭게 수용한다면 500명 정도 수용이 가능합니다."

-그게 저희도 그렇게 알려진 것으로 알고 있는데 캠핑장을 숙소로 해 달라는 문의가 많아서요.

그 말에 대한의 눈이 번뜩 뜨였다.

"일단 4인용 텐트라 수용 인원이 4명이긴 합니다. 하지만 선수들 편하게 지내라고 2인으로 설정해 두긴 했는데 문의하는 국가가 괜찮다면 4명도 한 번에 수용할 수 있습니다."

-아, 그래도 될까요? 다른 부분에서 추가적으로 신경 써야 할 게 있다면 굳이 그렇게 안 하셔도 됩니다.

기존에 수용할 인원보다 많아진다면 신경 쓸 게 많아지긴 했다.

안전 문제부터 시작해서 화장실, 샤워실 등 고려할 게 많으니까.

하지만 그걸 고려하지 않고 설정한 인원일까?

이미 다 고려한 사항들이다.

대한이 자신 있게 답했다.

"최대 수용 인원 기준으로 준비되어 있어서 상관없습니다."

-다행이네요. 알겠습니다. 그럼 조금 더 받겠습니다.

"캠핑장 반응이 좋은가 봅니다?"

-하하, 당연하죠. 김 중위님이 찍어 준 사진 때문에 다들 난리입니다. 저희도 대회 끝나면 방문하려고 준비하고 있습니다.

"아, 그렇습니까? 준비 잘해 놨으니까 언제든 오셔서 즐기십쇼."

대한은 주무관의 전화를 끊고는 미소를 지었다.

이 정도면 대성공이었다.

군인들은 물론 민간인들도 관심을 가지고 있었으니까.

덕분에 부담이 한결 가신 대한은 가벼운 마음으로 업무에 집중할 수 있었고 이윽고 점심시간이 될 때쯤, 박찬희가 땀을 뻘뻘 흘리며 사무실로 들어왔다.

"어휴, 힘들어."

"과장님이 왜 이렇게 힘들어하십니까?"

"좀 빡세게 굴리다 보니 나도 뛰어다니고 있더라고. 슬슬 밥 먹으러 가자."

"예, 애들은 어디 있습니까?"

"그놈들은 밥 안 먹는다던데?"

"……예?"

"먹으면 토할 것 같대. 좀 이따 단백질 쉐이크나 챙겨 먹는다더라."

이야.

빡세게 굴리긴 하나 보네.

그래도 내가 굴릴 땐 밥은 먹었는데.

대한이 자리에서 일어나 주차장을 바라봤고 그늘 한구석에 널브러져 있는 EHCT 팀을 보며 안타까운 표정을 지었다.

"과장님, 애들 대회 때 일 해야 하는 거 기억하고 계시죠?"

"알지. 중요한 애들인 거."

"대회 끝날 때까지 살려는 놓으셔야 합니다."

"에이, 사람 그렇게 쉽게 안 죽어."

"하긴 그것도 그렇죠."

두 사람이 킬킬 웃으며 식당으로 이동한다.

✹

EHCT의 훈련은 대회 3일 전은 되어서야 잠정적 중단이 되었다.

컨디션 조절을 위해서였다.

박태현이 오랜만에 뽀송뽀송한 모습으로 사무실에 앉아 여유를 즐겼다.

그 모습을 본 대한이 말했다.

"태현아, 슬슬 애들 집합시켜라."

"……후, 훈련입니까?"

"뭔 훈련이야, 전투복 맞추러 가야지."

"전투복? 저희는 다 전투복이 있는데 무슨 전투복 말씀이십니까?"

"얘가 뭘 모르네. 그래도 명색이 특수부대인데 전투복도 좀 특별해야 하지 않겠어?"

그게 허가가 났다고?

박태현이 고개를 갸웃거리며 팀원들을 집합시켰다.

대한이 그들을 데리고 향한 곳은 다름 아닌 맞춤 정장 매장이었다.

정장 매장을 본 박태현이 물었다.

"······요즘에는 양복집에서 전투복도 팝니까?"

"직장인의 전투복이 바로 수트지. 우린 대회 기간 동안 수트 입고 일한다."

군인들의 대회였기에 전투복을 입힐까 생각도 했지만 그러지 않기로 했다.

괜히 전투복 입혔다간 여기저기로 불려 다니기만 할 것 같아서.

그래서 궁리 끝에 정장을 택했다.

'정장을 입히면 가드 같은 느낌이 들 테니 굳이 불러 세우진 않겠지.'

이윽고 팀원들 사이즈 측정이 끝났고 박태현이 대한에게 물었다.

"근데 대회가 사흘 전인데 대회 시작 전까지 완성이 됩니까?"

"응, 가능하시대."

"한 벌도 아닌데 그게 가능한가?"

박태현이 의문을 가지는 것도 이해가 되었다.

원래 이런 맞춤 제작은 오래 걸린다고 알고 있을테니까.

"대한민국에서 안 되는 게 어딨어. 걱정하지 마라."

물론 웃돈을 좀 얹어주긴 했다.

안 되는게 있으면 돈이 모자란 건지 한번 고민해 보란 말이 있었으니까.

그런 의미에서 이번에 팀원들이 입을 정장들은 대한의 사비였다.

물론 팀원들에게 밝히지는 않았다.

굳이 알려서 생색내는 건 대한의 스타일이 아니었으니까.

그리고 대회 개막식 전, 대한을 비롯한 팀원들 모두 맞춤 정장을 받아 입어 볼 수 있었고 다들 흡족함에 미소를 지었다.

"저 제 정장 처음 가져 봅니다."

"그래? 축하해."

"감사합니다. 근데 운동을 해서 그런지 태가 좀 나는 거 같습니다."

"그러게나 말이다. 보람이 있지?"

"두 말 하면 잔소리지 말입니다."

그렇게 모든 준비를 마친 대한은 팀원들과 거하게 회식을 했고 다음 날, 마침내 대회 개막식 날을 맞이할 수 있었다.

※

개막식 날이 되자 선수들이 밀려 들어오기 시작했다.

개막식은 오후였기에 다들 오전 일찍부터 숙소로 들어왔는데 대한은 긴장된 눈빛으로 선수들을 살필 수밖에 없었다.

'사진에 속았다고 할 수도 있으니까.'

하지만 조용히 캠핑장을 돌아다닌 결과, 다들 반응이 좋았다.

다행이었다.

이정도면 이젠 정말 안심해도 될 것 같았다.

다른 곳에서 반응을 살피던 박태현이 대한에게 돌아와 말했다.

"다들 반응이 좋은 것 같습니다."

"실망한 사람 없어?"

"예, 외국어라 말 자체는 많이 못 알아들었지만 표정만 보면 다들 행복해 보였습니다."

"그래, 말보다는 표정이 중요하지."

이로써 캠핑장 문제는 해결.

한동안 캠핑장을 구경하던 선수들은 얼마간 휴식을 취하더니 이내 대회장으로 이동하기 시작했다.

그리고 그때부터 본격적으로 정신없어지기 시작했다.

'서포터즈들 없었으면 진짜 큰일 날 뻔했다.'

자그마치 7,000명이었다.

대한과 박찬희, 그리고 EHCT 팀이 다 달려들어도 절대 감당 불가능한 숫자.

다행히 대회 서포터즈들이 한 국가씩 맡아 가이드 역할을 해주었기에 망정이지 만약 서포터즈를 뽑자고 미리 말 안 했으면 참극이 벌어졌을 게 분명했다.

대한은 EHCT 팀을 대회장에 미리 배치해 놓은 뒤 시간을 확인했다.

그리고 주차장에 미리 마련해 둔 자리로 이동했다.

잠시 후, 번호판 대신 별 세 개가 달린 성판 차량이 주차장으로 들어왔다.

김현식의 차량이었다.

대한이 차량을 향해 경례를 했고 뒷자리에서 김현식이 내렸다.

그런데…….

'뭐지? 무슨 문제라도 생겼나?'

김현식이 경례를 받아 주지 않았다.

아니, 오히려 미간을 좁히고 있는 게 무슨 문제라도 터진 것 같았다.

아니나 다를까, 구긴 인상 그대로 김현식이 대한에게 다가와 말했다.

"김 팀장아."

"중위 김대한!"

"넌 뭘 어떻게 했길래? 벌써부터 이런 소리들이 나와?"

이런 소리?

그 말에 대한의 피가 차게 식기 시작했다.

변수가 발생한 것이다.

하지만 아무리 머리를 굴려 봐도 무엇이 문제인지 갈피를 잡을 수가 없었다.

"죄, 죄송합니다."

"뭘 잘못했는지 알고나 죄송하다고 하는 거야?"

"그, 그게……."

뭐지?

뭐가 문제지?

대한은 모든 세포를 동원하여 변수가 될 만한 것을 추측하기 시작했다.

그리고 얼마 뒤, 대한의 눈이 지진이라도 일어난 것처럼 떨리자 그것을 본 김현식이 피식 웃으며 말했다.

"김 팀장아."

"중위 김대한!"

"뻥이야."

"……자, 잘못 들었습다?"

"너 긴장하고 있을 것 같아서 농담 한번 해 봤다."

"……아."

이 개새…… 아니, 이 미친 양반이?

대한은 그 짧은 순간 천당과 지옥을 오갔다.

그러나 김현식은 뭐가 그리 즐거운지 킬킬 웃으며 말했다.

"반응들이 참 좋더구나. 오는 내내 관련 보고들을 받는데 다들 숙소에 대한 만족도가 높다고 하니 내 기분이 어찌나 좋던지. 고생 많았다."

"아, 아닙니다. 차장님께서 많이 신경 써 주셔서 전혀 힘들지 않았습니다."

힘든 게 있다면 좀 전의 그런 장난들이 힘들지.

대한이 식은땀을 흘리며 웃자 김현식이 여전히 웃으며 말했다.

"큭큭, 장난 두 번 쳤다간 아주 심장마비 오겠구나? 그나저나 현장 분위기는 어떤 것 같냐?"

"걱정돼서 분위기를 살폈는데 다들 숙소에 대한 만족도가 높은 것 같습니다. 마치 놀러온 것처럼 말입니다."

"다행이네. 그럼 이제 남은 건 사고 없이 무사히 대회가 끝나기만을 기도하는 건가?"

"걱정하시는 사고는 걱정 안 하셔도 됩니다. 저와 EHCT 팀들이 최고 경계 태세로 확인 중입니다."

"그래, 그건 너만 믿으마. 박 소령은?"

"대회장 안에서 행사 팀들 점검 중에 있습니다. 제가 안내하겠습니다."

대한은 김현식을 데리고 경기장 안으로 들어갔다.

경기장 내부에서는 박찬희가 행사 팀들이 예행연습 하는 것을 점검 중이었다.

박찬희가 두 사람을 발견하고는 경례했다.

"충성!"

김현식이 그에게 다가가 말했다.

"한 번 다 확인했나?"

"예, 그렇습니다. 이제 사회자에게 인계만 하면 끝입니다."

"행사 팀들 잘 쉴 수 있도록 환경 잘 만들어주고 식사도 든든하게 챙겨 주도록 해라. 혹시 또 뭐 조치해 줘야 할 사항 있나?"

"없습니다!"

"하하, 과장이나 팀장이나 뭐 해달라는 게 없으니까 참 든든하긴 한데 막상 개막식 당일이 되니 약간 불안한 건 어쩔 수가 없구나. 지금이라도 필요한 게 있으면 얼마든지 말해라."

김현식은 어울리지 않게 긴장하는 모습을 보였다.

그럴 수밖에.

대한은 그가 긴장하는 이유를 대충 알았다.

'본인 보다 높은 사람들이 오니까.'

3군의 사령관은 물론 본인의 직속상관인 참모총장, 거기다 대통령까지 참석한다.

아무리 중장이라도 긴장할 수밖에 없겠지.

아마 좀 전의 장난은 대한이 아니라 자신을 위한 아이스 브레이킹이었을 것이다.

대한이 웃으며 답했다.

"완벽에 완벽을 기하기 위해 최선을 다했고 그 결과, 완벽하게 준비가 되어 있습니다. 더 필요한 건 없습니다."

"하하, 그러냐?"

김현식이 예행연습을 하는 행사 팀들을 보며 고개를 끄덕였다.

"장군은 일을 잘하는 것보다 결심을 잘해야 하는 자리라더니 그 말이 아주 딱 맞구나. 너희를 뽑아 놓은 그 판단이 아주 정확했어."

아직 개막식도 하지 않았고 대회가 진행된 것도 아니었지만 이미 성공의 냄새가 진하게 났다.

대한도 그걸 느끼고 있었고 고생했던 기간을 떠올리며 미소를 지었다.

"차장님 덕분에 많은 걸 배운 기간이었습니다."

"나야 말로 너희들한테 많이 배웠지. 특히 김 팀장 너한테. 횡령도 그렇고 캠핑장도 그렇고…… 너 아니었음 여기까지 오지도 못 했을 거다. 아, 물론 박 과장도 포함해서 말이야."

예전부터 느꼈던 것이지만 김현식은 참 괜찮은 양반이었다.

말뿐일지 진짜 보답을 할진 모르겠지만 일단 말만이라도 이렇게 부하에게 공을 돌리는 상급자가 몇이나 될까.

대한이 군 생활 중 수많은 상급자들을 봤지만 그런 사람은 몇 없었다.

하지만 이제 와서 돌이켜 보면 그건 제대로 된 상급자를 못 만나서 그랬던 것 같다.

김현식이 두 사람의 어깨를 두드려 주며 격려를 하고는 내빈석으로 이동했다.

박찬희가 자리 안내를 하기 위해 그를 따랐고 대한은 멀어져 가는 김현식의 뒷모습을 지켜보던 끝에 다시 사고 예방을 위해 입구로 이동했다.

✖

그날 오후.

식전 행사가 모두 마무리가 되었고 개막식이 시작되었다.

태극기가 경기장으로 들어왔고 애국가가 울려 퍼졌다.

이어서 선수단 입장이 이어졌다.

총 117개국, 7,045명.

각기 다른 군복 수만 500가지였다.

대한은 내빈석 구석에 앉아 입장하는 선수단들에게 박수를 치는 중이었다.

원래는 입구에서 EHCT 팀과 대기하며 개회식이 시작됨과 동시에 혹시 모를 사고에 대비하기 위해 조용히 순찰을 돌 생각이었다.

당연했다.

대통령을 비롯한 민, 관, 군의 높은 양반들이 다 모인 곳에 중위가 말이 되는가.

하지만 대한이 거절의 의사를 밝혔음에도 김현식은 억지로 내빈석에 앉혔다.

넌 여기 앉을 자격이 있다면서 말이다.

잠시 후, 선수단 입장이 끝나고 대통령의 개회 선언이 이어졌다.

대한은 슬슬 나갈 각을 살피기 위해 김현식의 눈치를 살폈다.

김현식은 사령관들 옆에 앉아 정신이 없어 보였고 대한이 자리를 빠지려던 그때 김현식과 눈이 마주쳤다.

그 순간, 김현식이 사령관들에게 무어라 말을 했고 김현식과 사령관들의 시선이 대한을 향했다.

'무, 뭐야? 왜 날 봐?'

대한은 베레모에 별이 가득한 4인의 시선을 받고는 미소를 짓는 것 외에 할 수 있는 게 없었다.

그러다 다시 그들의 고개가 돌아갔고 대한은 그 틈에 얼른 자리를 벗어나 문형 탐지대가 설치된 곳으로 이동했다.

박태현이 대한을 보며 물었다.

"어? 소대장님이 왜 여기로 오십니까? 벌써 행사 끝났습니까?"

"아니, 개회 선언만 끝났어."

"설마 저희 도와주시러 오신 겁니까?"

"아니, 도망쳐 나왔어."

"……?"

"진짜야."

뭔진 모르겠지만 박태현이 일단 고개를 끄덕이며 말했다.

"일단 팀원들 각자 무전기 챙겨서 순찰 중입니다. 현재까지 특이사항 없다고 합니다."

"그래, 끝까지 집중하라고 해."

그때, 문형탐지대로 누군가 다가왔다.

입은 정복을 보니 미군이었고 그는 서포터즈가 밀어주는 휠체어에 탑승 중이었다.

대한이 휠체어를 밀고 있는 서포터즈에게 물었다.

"나가시는 겁니까?"

"네, 몸이 좀 힘드시다고 버스에서 휴식하고 싶으시대요."

"버스 기사분 계십니까?"

"일단 가보고 안 계시면 연락드려야 할 것 같아요."

대한이 고개를 끄덕이고는 박태현을 불렀다.

"태현아, 가서 버스에서 휴식할 수 있도록 조치해 드리고 와."

"아, 예. 다녀오겠습니다."

대한의 말에 박태현이 서포터즈가 끌고 있는 휠체어를 대신 끌고 입구에서 멀어졌다.

잠시 후, 박태현이 복귀했고 대한에게 있었던 일을 말했다.

"조금 전에 버스에 올려드린 미군분, 파병 나갔다가 지뢰를 밟고 그렇게 되셨다고 합니다."

"여기 방문하신 상이군인분들 대부분이 그 사유일 거다. 그래서 도와드리라고 한 거고. 세계 평화를 지키기 위해 노력하신 분들인데 확실히 대우받으셔야 하지 않겠냐?"

"이야, 역시 소대장님이십니다."

"야야, 뭘 당연한 거 가지고…… 그나저나 너 네 소개는 잘하고 왔어?"

"제 소개말입니까?"

"어, 그래야 나중에 다시 얼굴 봤을 때 이야기라도 할 거 아니야. 너 저분들한테 경험을 듣기만 해도 엄청 도움이 될 거다."

박태현은 그제야 본인도 비슷한 임무를 수행한다는 자각을 한 것 같았다.

"아…… 저 잠시만 다시 다녀오겠습니다."

"어, 다녀와. 전 세계 군인들이 모이는 만큼 좋은 기회라 생각하고 10일 동안 최대한 많이 배워."

"예, 알겠습니다!"

이런 기회가 어디 있겠나.

미군이야 자주 볼 수 있었기에 그들의 경험을 듣는 건 어렵지 않았다.

하지만 미군이 아닌 다른 국가의 군인들의 경험은 흔치 않은 것.

아마 그들 또한 박태현이 EHCT 팀이라는 걸 알면 관심을 가지고 본인들의 경험을 전수해 줄 것이다.

'직접 경험하는 것만큼은 아니더라도 충분히 도움이 되겠지.'

대한은 박태현의 뒷모습을 보며 미소를 흘리고는 자리를 지키는 데 집중했다.

✳

개막식이 성공적으로 끝났다.

그쯤 대한은 미리 캠핑장으로 이동해 대기했고 얼마 뒤, 캠핑장에 대회 참가 인원들이 밀려들기 시작했다.

경계 및 통제 병력들이 많았지만 대한은 그들에게 따로 지시를 내리지 않았다.

그도 그럴 것이 참가 인원들 전부가 군인들이었으니까.

아니나 다를까, 피부색은 물론 쓰는 말도 다 달랐지만 다들 군인답게 굉장히 질서 있는 모습들을 보여주었다.

대한이 그들을 흐뭇하게 바라보는 것도 잠시, 한 서포터즈가 다가와 대한에게 물었다.

"저 중위님?"

"아, 예. 말씀하십쇼."

"참가 선수분 중에 한 분이 운동을 하고 싶다고 하시는데……혹시 여기에 운동할 만한 곳이 있을까요?"

"헬스장이라면 마련된 곳이 있지 않습니까? 뭐, 웨이트 트레이닝 말고 다른 운동을 하고 싶다는 건가요?"

"잠시만요. 제가 모시고 오겠습니다."

서포터즈가 미군 하나를 데리고 대한의 앞으로 왔다.

그는 아직 정복 차림에서 환복을 못 한 상태였는데 대한이 그에게 물었다.

"무슨 운동을 하려고 그러십니까?"

영어로 말하지 않았다.

이렇게 말하면 서포터즈가 통역해 주겠거니 싶어서.

근데 답변이 돌아온 건 서포터즈가 아닌 미군 본인이었다.

"러닝."

대한이 놀라자 서포터즈가 웃으며 말했다.

"주한미군으로 오래 계셨다고 하시더라고요. 그럼 대화 문제가 해결된 것 같으니 저는 이만 다른 분들 도우러 가 볼게요."

서포터즈가 그대로 자리를 벗어났고 대한과 미군의 어색한 대치가 이어졌다.

대한이 어색하게 웃으며 말했다.

"한국말 잘하십니까?"

"한국인들처럼은 못해도 미국인들 중에서는 잘하는 편이다."

"아, 그러시구나. 반갑습니다. 김대한 중위입니다."

"제이크 대위다."

대위?

뭐야, 경례해야 하나?

대한이 잠시 고민하는 기색을 보이자 제이크가 먼저 웃으며 말했다.

"하하, 됐어. 친구하자."

"아…… 그래."

네가 먼저 하자고 했다?

대한은 재빠르게 제이크와 친구를 먹고 물었다.

"그래서, 러닝이면 얼마나 뛰려고?"

"한 30분?"

"도로에 차 많이 다녀서 나한테 물어보러 온 거지?"

"응. 대회 앞두고 있는데 위험하잖아."

"음…… 인원들 정리되면 그때 데려다 줘도 될까?"

"김 중위가 직접? 여기 지켜야 하는 거 아니야?"

"나 대신 할 사람 많아."

"하하, 오케이. 좋아."

제이크는 만족스러운 표정으로 환복을 하러 본인의 텐트로 이동했다.

이윽고 숙박 인원들이 대충 정리가 되자 대한은 박태현에게 현장을 맡긴 뒤 제이크를 찾아 나섰다.

제이크를 찾는 건 어렵지 않았다.

트레이닝복을 입은 상태로 텐트 앞에서 몸을 풀고 있었으니까.

대한이 그를 불렀다.

"제이크."

"이제 가는 건가?"

"어, 가자. 기가 막힌 코스가 있어."

대한은 그를 데리고 EHCT 팀원들이 훈련하던 오르막으로 이동했다.

이동하는 내내 그와 대화를 나누었고 그와 더욱 친해질 수 있었다.

도착한 장소에는 야간에도 편히 운동할 수 있도록 조명이 잘 설치가 되어 있었다.

이것들 모두 EHCT 팀원들을 굴리기 위해 대한이 준비해 놓은 것들이었다.

제이크가 주변 환경을 보며 흡족하게 말했다.

"여긴 꼭 훈련하라고 만들어 놓은 곳 같네?"

"어, 맞아. 내가 만들었어."

"네가?"

"지옥을 경험해야 하는 놈들이 있었거든."

"하하, 생각보다 더 대단한 친구였네? 그럼 나랑 달리기 한판 어때?"

"달리기?"

"어. 여기 네가 만들었다며."

"에이, 그래도 어떻게 그래. 난 가서 일해야지."

"쫄?"

"뭐?"

"쫄?"

하.

이 자식 봐라?

제이크의 말에 대한은 자기도 모르게 헛웃음을 터뜨릴 수밖에 없었다.

그리고 그 웃음에 제이크가 말했다.

"쫄?"

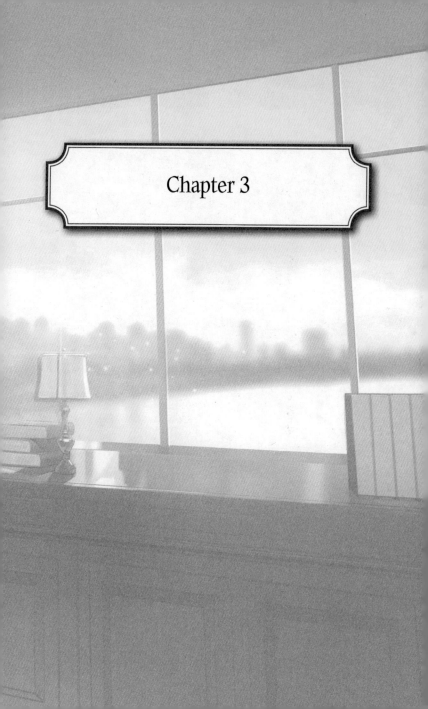

Chapter 3

제이크의 집요한 물음에 대한은 결국 수락할 수밖에 없었다.

"오케이. 해. 이대로 거절하면 진짜 쫄려서 빼는 것 같잖아."

"하하, 역시 쫄은 마법의 단어군."

"누구한테 배운 거야?"

"같은 부대 사람."

"참 좋은 거 배웠네. 근데 나 정장에 구두 차림인데 이런 나랑 정정당당한 승부가 되겠어?"

그 말에 제이크가 신발과 양말을 벗으며 말했다.

"너도 벗어. 그럼 공평해."

"바지는?"

"쫄?"

"아냐, 진짜 어이가 없네."

"쫄?"

"아, 오케이. 내가 한국군 대표로 바지 정도는 핸디캡으로 쳐 준다."

어디서 뭘 어떻게 배운 건진 모르겠지만 이 기회에 확실하게 레벨 차이를 알려 줘야겠다는 생각이 들었다.

그래서 대한 역시 셔츠와 신발, 그리고 양말을 벗었다.

대한이 출발선에 서며 말했다.

"제이크, 너 어디 출신이야?"

"고향을 묻는 건가?"

"아니, 학교."

"아하! 그렇다면 나는 웨스트포인트 출신이다."

웨스트포인트.

그곳은 미 육사의 별칭으로 한국으로 치면 육사 같은 곳이었다.

제이크는 엘리트였다.

그는 미 육사를 우수한 성적으로 졸업하고 바로 임관해 한국으로 파병을 온 인물이었으니까.

대한이 고갤 끄덕이며 말했다.

"난 평범한 학군단 출신이야. 그런 의미에서 이번 승부, 내가 이기면 우리나라 학군단이 웨스트 포인트보다 더 뛰어난 거다?"

"그게 무슨 말도 안 되는 소리냐?"

"쫄?"

"하하, 어이가 없네. 오케이. 콜."

"그리고 하나 더. 이왕 하는 승부, 내기도 하나 하자."

"내기 좋지. 무슨 내기?"

"내가 이기면 운동은 여기서 중단하고 바로 복귀하는 거다. 어때?"

"나 운동하러 나온 건데?"

"나도 달리기 시합하러 나온 건 아니거든. 쫄?"

"하하! 오케이 콜! 그래서 어디까지 달릴 건데?"

대한이 저 멀리 오르막을 가리키며 말했다.

"저기 오르막까지. 콜?"

"오케이 콜."

"두 번은 없어. 한판으로 끝내는 거야."

"쫄리나? 너 혓바닥이 길다."

"어휴, 진짜…… 누구한테 배운 건진 모르겠지만 한국말 참 더럽게 배웠구나."

"하하!"

유쾌하게 웃는 제이크.

이윽고 준비 자세를 잡고…….

"땅!"

땅 소리와 함께 두 사람은 달리기 시작했다.

호랑이는 토끼를 잡을 때도 최선을 다한다고 대한은 전력질

주로 달렸다.

어떻게든 웨스트포인트를 꺾기 위해.

그러자 놀라운 일이 벌어지기 시작했다.

"헉! 헉! 헉! 헉!"

대한과 제이크 사이의 거리가 벌어지기 시작했다.

그런데 앞서 나가는 건 대한이었다.

제이크는 점점 멀어져 가는 대한의 꽁무니를 보며 이를 악 물었다.

'퍽킹! 어떻게 이럴 수가 있는 거지?!'

근무하던 부대에서도 체력으로는 탑을 찍던 자신이었다.

아니, 미 육사를 다닐 때도 체력만큼은 늘 상위권이었다.

그런데 학군단 출신의 중위가 나보다 더 빠르다고?

절대 그럴 리가 없다고 생각했다.

아니 그러면 안 된다고 생각했다.

하지만 결국 먼저 도착한 건 대한이었다.

뒤늦게 도착점에 도달한 제이크가 터질 것 같은 심장을 부여잡으며 중얼거렸다.

"말도 안 돼…… 하…….."

"말이 안 되긴 뭐가 안 돼?"

"너 정체가 뭐야?"

"보고도 몰라? 여기서 일하는 중위잖아."

"하하, 참 나…….."

로또부터
장군까지

"참 나는 무슨, 아무튼 이제 복귀하자. 약속은 지켜야지?"

"후…… 오케이, 웨스트포인트는 약속을 중요시하니까."

"드디어 대화할 자세가 되었네. 가자, 옷 가지러."

대한은 그리 말하며 함께 다시 왔던 방향으로 되돌아가기 시작했다.

근데 여유 있게 말하긴 했지만 솔직히 대한도 스스로에게 놀랐다.

'안 지려고 열심히 하긴 했는데 이정도 차이가 나다니.'

제이크가 별 볼 일 없는 놈인 걸까?

아니, 그가 미 육사 출신이라면 그럴 리가 없다.

그렇다면 내 체력이 많이 성장한 거라고 봐야겠지.

함께 되돌아가는 길에 제이크가 물었다.

"헤이."

"와이?"

"아까 너처럼 수트 입고 있는 친구들, 다 너랑 비슷한가?"

"아 그 친구들?"

제이크가 무슨 생각으로 이런 질문을 하는 건지 뻔히 보여서 대한이 크큭 웃으며 답했다.

"다 내 정도 수준은 되지. 걔네들 다 내 부하들이거든."

"부하?"

"그래, 부하. 그러니 어디 가서 함부로 시합하자고 하지 마. 그럼 오늘처럼 돼."

"오우씻."

말도 안 된다며 고개를 내젓는 제이크.

하지만 함께 뛰어 보니 적어도 우리 애들 중에 제이크한테 질 애는 없어 보였다.

이윽고 출발선으로 돌아온 두 사람은 다시 옷을 입은 뒤 캠핑장으로 복귀하기 시작했다.

제이크에게 불만은 없어 보였다.

내기도 정정당당하게 치렀고 운동 대신 더 짜릿한 승부를 했으니까.

이윽고 두 사람이 함께 캠핑장에 도착하자 때마침 박태현과 마주칠 수 있었다.

"특이사항 없지?"

"안 계신 동안 서포터즈분들에게 부식 관련한 사항 전파해 놨습니다."

"오, 이제 좀 간부 같은데?"

대한이 제이크를 데려다 주고 복귀해서 하려던 일이었다.

4시 30분부터 개막식이 진행되었고 현재 시각은 9시가 다 되어 가는 중이었다.

일찍 식사를 하고 개막식을 참여했다고 하더라도 지금쯤 다시 배가 고플 시간이었다.

다른 사람도 아니고 전부 몸 쓰는 사람들이었으니.

'심지어 식사량 자체가 평균 수준보다 훨씬 높을 터.'

게다가 한국까지 힘들게 왔으니 먹는 거라고 제대로 먹여야 하지 않겠나.

그래서 적당한 때에 부식 분출하려고 했는데 그걸 박태현이 한 것이다.

대한의 말에 박태현이 웃으며 답했다.

"오늘은 시간도 늦었고 내일 대회 출전하는 선수들도 있으니 부담 안 가게 김밥으로 하고 내일부터 제대로 즐길 수 있도록 준비해 놓는다고 기대하라고 확실하게 말해 놨습니다."

"이야, 훌륭하다. 그래서 김밥은?"

"조금 전에 연락해서 확인했는데 십 분 내로 도착한다고 합니다."

"그래, 김밥 먹이고 11시쯤 퇴근하자. 그나저나 아까 쫓아간 분한테는 뭐 좀 배웠나?"

"하하, 네. 제 소개를 다시 하고 좋은 말씀 많이 들었습니다."

"그래, 그게 다 뼈와 살이 될 거다. 가서 일 봐라."

"예, 알겠습니다!"

이윽고 박태현이 떠나자 곁에 있던 제이크가 슬그머니 물었다.

"대한. 저 친구도 너 만큼 뛰나?"

"아까 말했잖아. 다들 나만큼은 한다고."

"그렇게 안 보이는데?"

"내기할래? 이번에도 지면 지는 쪽이 바로 전역 신청서 내는 걸로."

"오우, 쫄."

"쫄?"

"그래, 쫄. 미안하다, 쏘리."

"크큭, 이제야 좀 대화가 되네. 이제 가서 쉬어. 다른 사람 붙잡고 또 운동하러 간다고 하지 말고. 넌 약속을 지키는 웨스트포인트잖아?"

"오케이, 웨스트포인트는 약속을 중요시하지."

제이크는 유쾌하게 웃으며 그제야 자신의 숙소로 돌아갔다.

그리고 얼마 뒤, 김밥이 도착했고 각 텐트로 분배되기 시작했다.

이후엔 평화로웠다.

다들 휴식을 취하기 시작한 것이다.

대한이 시간을 확인하고는 박태현에게 말했다.

"먼저 퇴근해."

"소대장님은 안 가십니까?"

"과장님 보고 가려고."

"알겠습니다. 그럼 먼저 들어가 보겠습니다."

"그래, 푹 쉬고 내일 보자."

"예, 충성!"

대한은 박태현까지 퇴근시키고는 박찬희를 기다렸다.

'많이 늦으시네.'

많이 바쁜가?

아마 그렇겠지.

나랑은 다르게 신경 써야 할 게 더 많은 양반이니까.

그래서 일부러 전화하지 않았다.

괜히 독촉하는 것 같으니까.

대한은 이왕 기다리는 김에 배나 채울 요량으로 창고로 쓰고 있는 텐트에서 버너와 라면을 꺼내 왔다.

그리고 텐트 옆에 펼쳐 놓은 테이블에 잘 세팅하고 식사 준비를 시작했다.

그렇게 물을 올리고 끓기 시작할 때쯤, 대한의 귀로 인기척이 들리기 시작했다.

박찬희였다.

"아이고, 죽겠다."

"오셨습니까?"

"진짜 죽겠다. 왜 이렇게 바쁜 건지 모르겠어."

"차장님이랑 말씀 나누시다 오신 겁니까?"

"어떻게 알았냐? 오늘따라 왜 그리 말씀이 기신지 흑흑……."

저런, 많이 힘들었겠네.

어쩌면 저 고통이 내 몫이었을지도 모르겠어.

대한은 그럴 줄 알고 몰래 귀빈석을 빠져나온 거니까.

대한이 웃으며 말했다.

"고생하셨습니다. 라면 먹으려는 중이었는데 드시겠습니까?"

"됐어, 입맛이 없다."

"그럼 김밥이라도 드십니까?"

"아니야. 나 진짜 입맛이 없어."

진짜 힘들었나 보네.

박찬희가 연신 고개를 내젓고는 물 한 모금을 머금었다.

그러더니 이내 김현식과의 대화 내용을 알려 주었다.

"차장님이 공로패 받을 준비하라고 하시더라."

"문경시에서 주는 겁니까?"

"어, 폐회식 다음 날 바로 잡아 놓는다고 하셨으니까 파견 복귀 하루만 더 미루라고 하셨어."

그 정도야 얼마든지 미루지.

대한이 끓는 물에 면발을 집어넣으며 말했다.

"그렇게 급하게 안 잡아주셔도 되는데."

"이미 계속 이야기하고 계셨나 봐. 개막식 끝나자마자 문경 시장님이 직접 와서 확답 주고 가시더라. 아, 그리고 대통령님 은 물론 사령관님들 전부 다 개막식 잘했다고 칭찬하셨어."

"노력한 보람이 있는 것 같습니다."

박찬희가 미소를 짓고는 이내 미안한 표정으로 말했다.

"그리고 이건 너니까 내가 편하게 이야기하는 건데…… 너무 서운하게 생각하지 말고 들어라."

"아, 예. 편하게 말씀하십쇼."

"내 보직이 좀 잘 풀릴 것 같다."

"당연한 거 아닙니까? 능력 있는 사람이 좋은 자리 가는 게 맞잖습니까."

"그래, 맞지. 맞는데…… 넌 이번 기회 못 살리잖아. 그래서 여태껏 차장님이랑 네 이야기 하다가 온 거야."

아, 그래서 늦은 거였구만?

근데 뭐 이해는 됐다.

박찬희는 요직이라 불릴 만한 자리에 갈 수 있는 계급이었지만 대한은 아직 요직이고 뭐고 딱히 혜택을 누릴 수 있는 계급이 아니었으니까.

그래서 별로 서운하지 않았다.

'보내주면 가는 거고 아니면 어쩔 수 없는 거지.'

애초에 기대한 최대치가 평정 잘 받는 것 정도였으니까.

대한이 웃으며 답했다.

"하하, 저 진짜 괜찮습니다. 애초에 실망은 기대를 해야 하는 건데 전 제 계급을 알아서 애초에 기대를 안 했습니다. 그래도 파견 기간 동안 과장님이나 차장님 같은 좋은 분들을 알게 됐으니 전 그것만 해도 너무 감사하고 만족합니다."

"자식이 말 하나는 참 이쁘게 해…… 그러게 조금만 더 군대 빨리 오지 그랬냐?"

"조금만 더 빨리 태어날 걸 그랬습니다."

"하하, 그렇게 말하면 내가 할 말이 없지. 그래도 걱정 마라,

내가 다른 사람은 몰라도 넌 항상 도와줄게."

대한은 박찬희에게 빙긋 웃어 주고는 라면을 확인했다.

면발이 꼬들꼬들하니 지금 먹으면 딱일 것 같았다.

대한이 버너에 불을 끄고 냄비에 면발을 올린 순간이었다.

문득 어디선가 느껴지는 시선.

고개를 돌려 보니 박찬희의 것이었다.

"……안 됩니다."

"……딱 한 입만 먹을게."

"아니, 그래서 아까 여쭤봤잖습니까. 드실 거냐고. 이럴 거면 2개 끓였습니다."

"제발."

"어휴."

그래.

그냥 고생한 사람한테 양보하자.

대한은 그에게 냄비째로 양보한 뒤 새로운 냄비와 김밥을 추가로 가지고 왔다.

그리고 다시 첫입을 딱 먹으려던 순간, 저 멀리서 누군가 다가오는 게 보였다.

제이크였다.

이윽고 거리를 좁힌 제이크가 대한의 곁에 자연스럽게 앉자 대한이 물었다.

"뭐야, 왜 안 잤어?"

"냄새 때문에 깼어."

"뭐?"

"그거 푸라면이지? 나도 줘."

"……."

"제발."

"하……."

대한은 잠시 고민하더니 새 냄비를 가지러 가기 위해 다시 자리에서 일어날 수밖에 없었다.

✻

다음 날.

본격적으로 경기들이 진행되었고 대한과 EHCT 팀은 이리저리 뛰어다니느라 정신이 없었다.

경기가 문경에서만 진행하는 것이 아니라 경상북도 곳곳에서 진행되고 있었기 때문이다.

경기 일정 이후에도 바쁜 건 매한가지였다.

캠핑장에 복귀한 대한은 팀원들과 함께 즉시 바비큐 파티를 준비했다.

EHCT 팀끼리 먹으려는 게 아니었다.

모두를 위한 바비큐 파티였다.

그래도 서포터즈들 덕분에 수월하게 준비를 마칠 수 있었고 캠프파이어가 시작되자 대한을 비롯한 팀원들 모두가 그제야 한숨 돌릴 수 있게 되었다.

"이렇게 바쁠 줄 몰랐습니다."

"그래도 좀만 힘내자. 우리가 놀러온 건 아니잖아?"

"그건 그렇습니다."

"이 틈에 부지런히 사람들 하고 친해져. 흔치 않은 기회야."

말 그대로였다.

이곳은 사교의 장.

이때가 아니면 언제 전 세계 군인들과의 인맥을 다져 놓겠는가?

그렇게 다음 날도, 그 다음 날에도 파티는 계속 되었다.

물론 파티 자체는 다음 날 경기가 있는 선수들이 있었기에 10시 전에 마칠 수밖에 없었지만 참가 인원들은 아쉬움보다 즐거움에 집중했다.

그렇게 폐막식 이틀 전, 대한은 근대 5종이 펼쳐지는 대회장에 도착했다.

그곳에는 제이크가 열심히 몸을 푸는 중이었는데 그를 발견한 대한이 반갑게 다가가 물었다.

"제이크, 컨디션은 좀 어때?"

"좋지. 근데 대한, 나 물어볼 게 있다."

"뭔데?"

"한국 선수들 실력은 좀 어때?"

"음⋯⋯."

실력이라.

잠시 고민하던 대한이 대답했다.

"난 잘 몰라. 근데 다들 열심히 준비해서 실력들이 좋은 걸로 알아."

"너보다 뛰어난가?"

"다들 전문 선수들인데 나보다는 뛰어나지 않을까?"

그 말에 제이크의 표정이 어두워졌다.

"너보다 뛰어나면 곤란한데. 듣기로는 아시안게임 금메달리스트도 있다고 들었다."

"그새 들은 거야? 그래서 쫄?"

"아니, 웨스트포인트는 쫄지 않는다. 그저 최선을 다할 뿐."

"크큭, 그래, 응원할게."

제이크가 비장한 표정으로 몸을 풀기 시작했고 대한은 다시 한번 더 응원해 준 뒤 본격적으로 경기장 안을 돌아다니기 시작했다.

시간은 흘러 이윽고 근대 5종의 꽃인 승마 순서가 되었다.

근대 5종은 펜싱, 수영, 승마, 사격, 크로스컨트리로 구성된 종합 스포츠인데 다섯 종의 경기를 연이어 진행하며 기록을 점수화한 다음 점수의 총합으로 우승자를 가리는 방식이었다.

'역사를 보면 제일 군인다운 스포츠지.'

그럴 수밖에.

전쟁에서 병력의 영웅담을 통해 개발한 스포츠니까.

전부 적을 제압하거나 적진을 향해 전진하는 데 필요한 종목들이었다.

그리고 그중 가장 점수에 큰 변수를 부여하는 것이 바로 이 승마.

적의 말을 빼앗아 타는 것에서 착안된 종목이었기에 본인이 경기에 탈 말은 경기 당일 랜덤으로 배정이 된다.

성격이 고약한 말을 배정받는다면 우승은 빠르게 포기하는 것이 좋을 정도였다.

물론 승마술이 뛰어난 선수라면 그런 말들도 잘 컨트롤 하겠지만 이 대회는 최고 수준의 대회가 아니었다.

우리나라야 상무 팀에 소속된 국제대회급 선수들이 있긴 했지만 다른 나라는 대부분 취미에 가까운 수준이었다.

대한이 자리에 앉아 말들을 구경하는 것도 잠시, 이윽고 제이크의 순서가 되었다.

근데 제이크가 탄 말이 심상찮은 반응을 보였다.

'왜 저렇게 설치지?'

제이크가 탄 말은 기분이 좋지 않은지 가만히 있지를 못하는 중이었다.

제자리에서 뒷발을 차는 건 기본이었고 앞발을 들어가며 제이크를 떨어뜨리기 위해 노력 중이었다.

대한이 혀를 차던 그때, 제이크가 첫 번째 장애물로 말을 몰았다.

엄청난 속도로 장애물로 달려든 말이 그대로 장애물을 뛰어 넘었고 감점 따윈 없었다.

곧이어 미친 듯 질주한 말이 두 번째 장애물을 넘었다.

그 속도에 대한이 육성으로 감탄사를 내뱉는 것과 동시에 제이크가 소리를 질렀다.

"Fuck!!"

그의 외침에 대한은 물론 구경하던 관중까지 웃음이 터졌다.

제이크는 경기 내내 낙마하지 않기 위해 최선을 다했고 그와 동시에 말에게 욕을 퍼부었다.

이내 마지막 장애물까지 뛰어넘은 제이크가 고삐를 힘차게 잡아당기며 말을 멈춰 세우려고 노력했다.

"Fuck! Fuck!!"

하지만 이미 미쳐 날뛰던 말이 제이크의 통제에 따를까.

제이크는 그 뒤로도 한참을 말 위에서 소리를 지를 수밖에 없었다.

✳

근대 5종의 마지막 종목인 사격과 크로스컨트리가 끝나고 곧바로 시상식이 진행되었다.

1등은 당연하게도 한국이 차지했다.

'아시안 게임 금메달리스트잖아.'

문제는 2등.

1등과 아주 근소한 차이로 2등을 차지했다.

국제 대회 수준의 선수가 아마추어한테 패배할 뻔한 것.

그도 그럴 것이 2등 선수가 한 종목에서 미친 듯한 점수를 받아 버렸으니까.

'결국 2등은 해 버렸네.'

그 주인공은 바로 제이크였다.

제이크는 승마에서 최고점을 받고 엄청난 순위를 기록해 버렸다.

대한은 그가 단상에 올라갈 때 힘차게 박수를 쳐주었다.

제이크의 표정에는 은메달을 수상한 선수의 기쁨 따윈 없었다.

그저 말에게서 살아남았다는 안도뿐.

잠시 후, 시상식이 끝나고 제이크에게 기자들이 몰려갔다.

'1등 보다 주목받는 2등이네.'

당연했다.

그가 말을 몰 땐 어지간한 개그프로보다 웃겼으니.

대한은 그의 인터뷰가 끝나기를 기다렸다가 인터뷰가 끝나자마자 그에게 다가갔다.

"축하해, 제이크. 은메달리스트가 내 친구라니 영광이다."

"진짜 영광으로 생각해야 해. 내 목숨을 걸었던 메달이라고.

그런 의미에서 사진 한번 찍자."

제이크는 본인의 은메달을 대한에게 걸어 주며 포즈를 취했다.

대한 또한 유쾌하게 포즈를 취해 준 뒤 제이크에게 말했다.

"제이크, 나랑 내기에서 진 거 안 분해?"

"조금 분하지. 왜?"

"은메달 걸고 내기 한 번 더 콜?"

"하하, 미친 퍽킹 김치 놈."

제이크의 구수한 욕설에 두 사람은 웃음을 터뜨렸고 대한은 다시 메달을 돌려주었다.

제이크가 사진을 확인하고는 피식 웃으며 말했다.

"부대에서 봐도 모르는 척 하지 마라."

"어떻게 모르는 척 하겠냐? 미군들 볼 때마다 너 아냐고 물어봐 줄게."

"하하, 나중에 꼭 부대에서 만났으면 좋겠다."

대한도 바라던 바였다.

주한미군과 같이 일을 하려면 한미연합사에 가는 것일 텐데 그렇게만 된다면 소령은 물론 중령까지도 쉬운 길이 열렸다는 것일 테니.

대한이 제이크와 가볍게 인사를 한 뒤 다른 대회장을 확인하기 위해 이동했다.

폐막식 당일.

대한과 EHCT 팀원들은 끝까지 긴장을 놓지 않은 채 경계에 집중했다.

덕분에 폐막식이 끝나고 선수들이 다 돌아갈 때까지 아무런 사고도 없이 대회를 성공적으로 마무리할 수 있었다.

대한과 일행은 대회장의 불이 다 꺼지고서야 대회장을 나왔다.

박찬희가 텅 빈 주차장을 바라보며 담배를 꺼내 물었다.

"하, 이제 진짜 끝이구나."

"예, 끝인 가봅니다."

"후…… 이때까지 했던 그 어떤 훈련보다 빡셌던 것 같다."

빈말이 아니라 진짜였다.

차라리 유격 한번 하고 오는 게 낫다는 생각이 들 정도.

대한이 웃으며 말했다.

"그래도 이번 기회를 통해 앞으로의 군 생활을 편하게 할 수 있을 만한 좋은 경험을 쌓은 것 같습니다."

"그래. 피라미드 노예 하다가 공사장 노가다 하면 다 쉽게 느껴지는 법이지. 근데 지금도 군 생활 편해 보이는데 얼마나 더 편하려고 해?"

"하하, 이왕 하는 거 꿀통에 빠져 사는 게 최고 아니겠습니까."

"큭큭, 내기할래? 넌 못할 거다."

"하하, 어지간하면 내기 받겠는데 이번 건은 저도 포기해야 할 것 같습니다."

꿀통에 빠져 사는 건 꿈일 뿐이다.

아마 대한이 예측하기로 자신의 군 생활은 앞으로도 바쁘기 그지없을 터.

'이렇게 전국적으로 들쑤시고 다녔는데 어떻게 편하게 지내 겠어.'

그러니 꿀통은 바라지도 않는다.

너무 힘들지만 않기를 바랄뿐.

박찬희가 웃으며 말했다.

"에이, 아깝다. 내기 했으면 바로 이길 수 있었는데."

"뭐 또 할 것 남았습니까?"

"있지. 난 내일 표창장만 받으면 끝인데 네가 문제지."

"……저 또 뭐 해야 합니까?"

"아, 이야기 안 해 줬나? 너 표창장 받고 바로 육본 가야 해."

육본?

내가 거길 왜 가?

드디어 부대에 복귀하나 싶었는데 대한이 사무실에 없던 동 안 또 뭔가가 있었던 모양이다.

대한이 놀란 눈을 하고 있자 박찬희가 웃으며 말했다.

"EHCT 지원자들 면접 보러 가야지."

"아, 벌써 면접 날짜가 잡힌 겁니까?"

"중장이랑 소장이 직접 컨트롤하고 있는 건데 진행이야 빠르지. 그리고 차장님께서 육본에 계실 시간이 얼마 안 남았어."

잠깐만. 육본에 얼마 못 있는다고?

대한은 지금이 10월달이란 걸 바로 떠올렸다.

그리고 박찬희의 음흉한 표정을 보니 본인의 예상이 맞는 것 같았다.

"설마 진급하십니까?"

"발표는 안 났는데 이미 이야기 다 됐다고 하시더라."

"와⋯⋯."

중장이 대장으로 영전하는 모습을 이렇게 직접 볼 수 있다니.

대한은 본인이 진급한 것처럼 기뻤다.

아마 이번 세계군인체육대회를 준비하면서 정이 많이 든 것 같았다.

'그나저나 면접이라.'

대한이 뒤에서 진이 다 빠진 채 대기 중인 EHCT 인원들을 보며 생각했다.

'미리 정장 맞춰 주길 잘했네.'

박태현을 제외한 EHCT 팀원들 모두 면접 대상이었다.

그리고 합격을 하게 된다면 부사관 양성반에 들어가서 교육을 받을 예정.

아무리 특수부대라고 하더라도 기본적으로 하사가 지녀야 할 건 다 교육을 받고 와야 하지 않겠나.

본 게임은 양성반이 끝나고부터지만 굳이 그들에게 이 사실을 알리진 않았다.

'괜히 알려 줘서 사기 떨어뜨릴 필요는 없지.'

그래도 대한은 자신의 팀원들을 믿었다.

다른 지원자들은 몰라도 현재의 팀원들이라면 가서 충분히 압도적인 성적을 기록하고 올 것이라 확신했으니까.

그때 뒤늦게 면접 소식을 들은 팀원들이 환호하기 시작했다.

면접날엔 합법적으로 훈련을 안 해도 됐으니까.

그들의 환호에 대한이 어이없다는 듯 웃으며 말했다.

"왜 이렇게 좋아하냐?"

"면접날엔 합법적으로 훈련 쉬지 않습니까."

"내가 면접관이라는 사실은 못 들은 거냐?"

"상관없습니다. 무슨 질문이 오든 다 대답할 수 있습니다. 그나저나 면접은 며칠이나 봅니까?"

"왜?"

"최대한 길었으면 좋겠어서 말입니다."

이런 노골적인 놈들 같으니.

대한이 고개를 내저으며 말했다.

"어차피 선발되면 남아 있는 휴가 다 쓰고 양성반으로 갈 건데 뭐가 걱정이야? 심지어 너희는 차장님이 14박 15일짜리 휴

가도 주셨잖아. 그거 다 붙여서 쓸 수 있게 해 줄 테니 면접 준
비나 잘 해."

"와!"

다시 한번 환호하는 팀원들.

대한은 단순한 팀원들의 반응을 보고 피식 웃으며 고개를 저
었다.

'그나저나 면접관으로는 또 누가 오려나?'

'하현호가 오면 가장 베스트이긴 한데…… 한낱 부사관 선발
에 소장이 직접 오진 않겠지.'

잠시 고민하던 대한이 팀원들에게 말했다.

"그런 의미에서 오늘부터 야간 스터디 확정이다."

"아! 대체 왜 말입니까?"

"싫어? 휴가 나눠서 보낸다?"

"전 옛날부터 주경야독 스타일이었습니다."

"이왕 하는 거 주독야독 해 보지 그러냐?"

"아, 그건 좀."

대한은 팀원들과 함께 밤새 면접 스터디를 진행하고는 곧장
공로패를 받기 위해 시청으로 이동했다.

✳

공로패 전달식은 시장실에서 진행되었다.

대한이 익숙한 문을 열고 들어가자 구지환이 대한을 반겼다.

"하하, 어서 오세요. 김 팀장님."

"잘 지내셨습니까? 매일 같은 공간에 있으면서도 인사를 못 드렸던 것 같습니다."

"하하, 바쁘신 거 아는데 괜찮습니다. 일단 이쪽으로 오시겠습니까? 바로 공로패 전달식하고 차 한잔하시죠."

시장실에는 공로패 전달식을 위해 여러 사람들이 모여 있었다.

대한과 박찬희는 구지환이 건네주는 공로패를 전달받으며 구지환과 함께 기념사진 촬영까지 마쳤다.

이내 시장실에 있던 다른 사람들이 모두 빠져나갔다.

구지환이 직접 차를 내려 두 사람 앞에 놓아주며 말했다.

"정말 두 분 아니었으면 어떻게 됐을지 상상도 못 하겠습니다. 참모차장님께도 말씀드렸지만 진짜 두 분은 제 은인입니다. 은인."

그 말에 박찬희가 웃으며 말했다.

"저는 위에서 시킨 일만 딱 했는데 김 팀장이 이곳저곳 열심히 들쑤셔 준 덕에 불이 활활 타올랐던 것 같습니다. 저는 제외하시고 김 팀장 생각 많이 부탁드리겠습니다."

박찬희는 군에서 본인만 혜택을 본다 생각했는지 대한을 챙겨 주려 노력했다.

'역시 배운 사람이야.'

구지환이 대한을 향해 말했다.

"김 팀장님, 제가 당장 보답해드릴 수 있는 건 이런 공로패가 다지만 나중에 도움 필요하시면 언제든지 말씀해 주세요. 제 힘이 닿는 한 최선을 다해 도와드리겠습니다. 김 팀장님이 대회를 위해 헌신해 주셨듯이요."

"하하, 말씀만이라도 너무 감사합니다."

"빈말 아닙니다. 제 번호 가지고 계시죠? 박 과장님도 언제든 연락 주십쇼. 말씀은 그렇게 하셔도 노력하신 걸 모르지 않습니다."

두 사람은 동시에 고개를 끄덕였다.

'정치인에게 언제 어떻게 도움을 받을지 모르겠지만 소원권은 많이 쥐고 있으면 쥐고 있을수록 좋지.'

사실 공로패만 해도 꽤 괜찮은 보상이었다.

군에서는 외부에서 받은 상을 잘 기억해 주니까.

자력에 올라가는 건 같지만 군 내부 표창보단 외부에서 받은 무언가가 훨씬 튀기 마련이었다.

거기다 의미 있는 대회였지 않나.

두 사람은 구지환과 대회 간 있었던 이야기를 나누기 시작했다.

서로 고생을 많이 했기에 할 이야기도 많았고 그렇게 한 시간이 훌쩍 지나갔다.

구지환이 시간을 확인하고는 자리에서 일어나며 말했다.

"제가 고생한 분들 시간을 너무 많이 빼앗았네요. 얼른 부대로 복귀해 보세요."

"하하, 아닙니다. 즐거운 시간이었습니다."

"그런가요? 그러면 나중에 문경 들르실 일 있으면 꼭 연락 주세요. 또 좋은 차 준비해 놓고 기다리고 있겠습니다."

대한과 박찬희는 구지환과 악수를 나누고는 그대로 시청을 벗어났다.

그리고 각자의 차에 오르기 전 대한이 박찬희에게 말했다.

"과장님, 조심히 올라가십쇼."

"바로 쉬지도 못하고 괜찮겠냐?"

"어제 푹 쉬어서 괜찮습니다."

"그래, 네 체력이야 전군이 인정하는 것이니까."

지금 헤어지면 언제 다시 볼 수 있을지 몰랐다.

그래도 작별인사는 짧았다.

'나중에 높은 곳에 올라가면 어차피 다 만나게 될 테니까.'

전국에 부대가 수도 없이 많다지만 대령이나 중령급이 된다면 갈 만한 부대가 그리 많지 않았다.

특히 잘나가는 군인이라면 더더욱.

서로의 무운을 빌며 헤어지는 것이 제일 군인다웠다.

대한은 박찬희에게 경례를 하고는 차에 올랐고 이내 캠핑장에서 대기 중인 EHCT 팀원들을 데리러 갔다.

캠핑장 주차장에 도착하자 구석에서 쉬고 있던 EHCT 팀원들이 보였다.

"야, 타."

EHCT 차량으로 한 번에 옮길까 생각도 했었지만 팀원들이 가지고 온 짐들이 생각보다 많아 어쩔 수 없이 나눠 타야 했다.

그래서일까?

대한의 부름에 EHCT 팀원들이 앞다투어 대한의 차로 뛰어왔다.

이윽고 대한의 차에 탑승하는 데 성공한 한 팀원이 안도의 한숨을 내쉬며 말했다.

"휴…… 박 하사님이 운전하는 차 안 타도 된다."

"왜? 태현이 운전 못 하냐?"

"예, 진짜 면허 가짜 아닌지 검사해 봐야 합니다. 사이드미러를 안 보는 건지 못 보는 건지 모르겠습니다."

"어…… 잘 따라오겠지?"

"차 전복되면 독도법으로 오라고 하면 됩니다."

박태현의 운전 실력이 어지간하긴 한 모양.

대한이 고개를 내젓고는 말했다.

"그래도 조금만 참아. 육본에서 운전병 하다 전문하사 하고 있는 사람도 지원한다니까 조만간 편하게 차 탈 수 있을 거야."

"오…… 기대하겠습니다. 전 만약 죽더라도 특수부대 팀원으로서 명예롭게 폭사로 가는 게 낫지 교통사고로 허무하게 가고 싶진 않습니다."

"하긴 그것도 그래."

차에 탄 사람들이 킥킥 웃었고 이내 대한과 박태현의 차가 육본으로 향했다.

✳

부사관 선발에 숙소는 제공되지 않는다.

원래라면 오늘 올라오는 것이 아니라 면접 당일에 올라오는 게 맞았지만 대한은 이들이 면접 당일 날에 피곤하지 않았으면 했다.

그래서 시원하게 각방을 잡아 줬다.

못다 한 휴식을 한 번에 취하라는 마음에서였다.

그 덕분에 면접 당일 날 팀원들의 얼굴이 아주 좋았다.

"오후까지 준비 잘하다가 박 하사 차 타고 들어와. 난 먼저 들어가서 면접 준비하고 있을 테니까. 아, 그리고 혹시나 해서 말해 주는데 면접 들어와서 난 없는 사람 셈 쳐라. 도움이고 뭐고 질문 하나 안 할 예정이니까."

"예, 알겠습니다!"

대한은 팀원들의 우렁찬 답변을 듣고는 그대로 육본으로 들어갔다.

그리고 하현호에게 연락한 뒤 그가 알려 주는 장소로 이동했다.

그곳에는 면접관으로 들어올 인물들이 모여 있었다.

대한이 하현호를 향해 경례했다.

"충! 성!"

"어, 왔어? 앉아라."

하현호는 자리에 앉아 면접관으로 같이 들어가게 될 두 사람을 소개했다.

그들은 각각 중령 계급의 인사운영통제장교와 소령 계급의 공병 보직장교가 앉아 있었는데 대한은 그들이 얼마나 대단한 사람인지 잘 알았다.

'특히 나한테는 엄청 중요한 사람들이지.'

그도 그럴 것이 그들에 의해 대한의 보직이 정해지는 것이나 마찬가지였으니까.

일례로 공병 보직장교의 경우, 그의 임무로는 육군 전체에서 공병 병과인 장교 및 부사관에 대한 인사 운영안을 작성했다.

이때 본인 마음대로 막 짜서 보고하면 참 편한 자리겠지만 그렇게 될 리가 없었다.

진급 시기가 겹쳐 있거나 힘들어 하는 간부가 있다면 일일이 연락해서 최대한 원하는 자리에 신경 써서 맞춰 줘야 했다.

그렇기에 이들이 얼마나 일을 잘 하느냐에 따라 1년 동안 군이 잘 굴러갈지 말지 정해진다고 해도 과언이 아니었다.

하지만 진짜 압권은 인사운영통제장교였다.

인사운영통제장교 자리는 보직장교처럼 한 가지 병과를 맡지 않고 20개 정도 되는 육군의 전 병과의 인사운영안을 검토하고 통과시키는 인물.

낙하산이 앉았다가는 군이 휘청거릴 정도로 책임이 막중한 자리였다.

그렇기에 그는 하현호만큼의 포스를 뿜어내고 있었고 대한은 자연스럽게 그의 눈치를 볼 수밖에 없었다.

하현호도 그걸 느꼈는지 웃으며 분위기를 환기시켰다.

"통제장교, 새파랗게 어린 후배가 긴장하잖아. 표정 좀 풀고 해."

"아, 좀 심각했습니까? 하하, 집중하다 보니 자연스럽게 나온 것 같습니다. 김 중위, 편하게 있어 편하게."

아휴, 편하게 하란다고 진짜 편하게가 되겠습니까?

알겠다고 대답을 하긴 했지만 가시방석이 따로 없었다.

차라리 뭐라도 시켜 주면 좋으련만.

하지만 여기서 대한이 할 건 없었다.

아니 있다 한들 시키지도 않을 것이다.

애초에 프로 중에 프로들만 모여 있는데 중위한테 뭘 시키겠나?

그렇기에 대한은 멀뚱히 앉아 그들이 업무하는 모습이나 가만히 지켜보았다.

그러기를 잠시, 보직장교가 입을 열었다.

"통제장교님, 보고드려도 되겠습니까?"

"계산 끝났나? 잠깐만."

통제장교는 보직장교의 보고를 막고는 대한을 바라봤다.

"김 중위, 자네 생각은 어때? 팀을 더 충원해 달라고 했을 때 어떤 그림을 그리고 있었지?"

갑자기 이렇게 기습질문을 한다고?

하지만 대한은 당황하지 않고 바로 대답했다.

"EHCT 팀 총원은 20명으로 생각했습니다."

"이유는?"

"출타 인원을 고려했습니다. 20명으로 맞추면 주말에 8명이 쉬어도 6인 1개 조 두 팀이 주간과 야간을 다 대응할 수 있습니다. 그리고 육본이나 다른 부대에 파견 형식으로 상주시킬 때도 생활관 한두 개로 충분히 수용할 수 있는 적절한 인원이라 생각합니다."

통제장교가 고개를 끄덕이고는 보직장교에게 물었다.

"이제 자네 보고를 들어 보지."

보직장교가 대한과 통제장교를 번갈아 보며 입술을 달싹이는 것도 잠시, 이내 어이없다는 듯 웃으며 말했다.

"하하, 통제장교님. 김 중위가 제 보고를 대신해 버려서 제가 할 말이 없습니다."

그는 본인이 메모하던 것을 통제장교를 향해 보여 주었고 거기에는 대한의 말이 그대로 적혀 있었다.

그 광경에 하현호가 너털웃음을 터뜨리며 말했다.

"하하! 뛰어난 친구라고 했잖아. 내 말이 맞지?"

"예, 기대 이상인 것 같습니다."

"김 중위가 준비를 많이 했구만?"

다행히 분위기가 좋다.

열심히 준비한 보람이 있는 것 같다.

분위기를 타 대한이 물었다.

"혹시 지원자가 몇 명인지 여쭤봐도 되겠습니까?"

"한 40명 되나?"

"아, 그렇습니까?"

40명이라…….

생각했던 것보단 훨씬 많구만.

그도 그럴 것이 설명회를 돌아다니면서 대한과 이야기한 사람이 많이 없었으니까.

'난 10명 정도 봤나?'

그래도 참 다행이었다.

지원자가 아예 없진 않아서.

대한이 안도의 미소를 흘리자 하현호가 말했다.

"근데 35명이 현역 병사야."

"……그럼 민간인이 5명입니까?"

"그래, 아주 실망스러운 결과지. 도대체 설명회를 어떤 식으로 했길래 민간인 지원자가 이렇게 적어? 특전 부사관도 이 정도는 아니었던 것 같은데?"

그의 질문에 대한이 어색하게 웃으며 답했다.

"특수부대라는 설명을 강조하다 보니 반응이 좀 부정적이었습니다."

"뭘 얼마나 강조했길래 그래?"

"사고 사진들을 보여 주고 시작했습니다."

"응? 그게 다야?"

"예, 사진과 같은 사고가 빈번하다는 말만 덧붙였습니다."

"쯧쯧, 그런 걸 보고 안 오는 애들이면 우리도 받아줄 생각이 없지. 잘했다. 그럼 여기 있는 인원들은 나름대로 1차 선별이 끝난 인원들이란 소리구만."

그렇게 생각해 주니 다행이었다.

하긴 소장 자리는 고스톱 쳐서 딴 자리는 아닐 테니까.

이후엔 분위기가 좋았다.

잘 준비한 대답을 기점으로 대한도 자연스럽게 회의에 참석할 수 있었고 그 과정에서 면접질문과 주요하게 봐야 할 점들에 대해 토의하며 날카롭게 들어오는 질문들에 대해 열심히 답변했다.

'나도 면접자로 온 건데 내가 면접 보러 온 기분이네.'

그래도 어쩌겠는가.

한낱 중위가 면접자로 왔으니 이런 현상은 당연한 것.

그래서 더더욱 열심히 대답했다.

다행히 실수가 될 만한 답변은 하지 않았고 네 사람은 식사까지 마친 후 면접 장소로 이동해 면접 준비를 시작할 수 있었다.

그리고 마침내 면접이 시작되자 첫 번째 면접자로 익숙한 얼굴이 들어왔다.

대한이 열심히 키운 EHCT 팀원이었다.

익숙한 얼굴이 들어오자 대한은 긴장이 되었다.

그도 그럴 것이 지금 들어오는 지원자가 하필 EHCT 팀원들 중에서도 제일 과묵한 인원이었으니까.

'힘들어도 크게 티를 내지 않던 놈이지.'

상병 김민철.

대한이 부사관 제안을 했을 때도 질문 하나 없이 받아들였다.

이후 훈련이 진행되었을 때도 힘든 티는 내긴 했지만 그게 전부였다.

그래서 역설적으로 팀원들 중 가장 속을 알 수 없는 인원이 었다.

그렇기에 걱정인 것이다.

EHCT 팀원들을 처음 만나는 면접관들에게는 앞으로 김민철이 기준점이 될 테니.

하지만 그럼에도 대한은 김민철을 믿었다.

다른 사람도 아니고 내 새끼니까.

대한이 속으로 응원했고 김민철은 문을 닫은 뒤 하현호를 향해 경례했다.

"충! 성!"

"어, 충성. 앉거라."

하현호는 의자에 앉는 김민철의 복장을 보며 물었다.

"민간 지원자도 아닌데 정장을 입고 왔어?"

"예, 임시 팀장이 정장은 오늘 같은 날 입는 남자들의 전투복이라며 선물해 줬습니다."

하현호가 웃음을 터트리며 대한을 바라봤다.

"하하, 복지가 상당한데? 나도 전투복 맞추러 EHCT 팀에 들어가야겠는데?"

"하하, 부장님께서 오신다면 저야 대환영입니다. 하지만 정년이 10년은 남아야 하지 않겠습니까?"

대한의 가벼운 농담에 면접관들의 얼굴에 미소가 번졌고 하현호도 웃으며 말했다.

"그래, 당장 내년에 군복을 입고 있을지도 모르는데 팀을 맡는 건 무리지. 그나저나 팀원들한테 남자들의 전투복을 다 맞춰 준 거야?"

"예, 팀장으로서 해 줄 건 크게 없고 임무 수행 중에 걸치라고 맞춰 주었습니다."

"너무 무리한 거 아냐? 인원들 다 맞춰 주려면 적은 금액이 아니었을 텐데?"

그 말에 대한이 씩 웃으며 말했다.

"동생 취업하는데 형이 돼서 정장 한 벌 맞춰 줘야겠다고 생각했습니다. 그래서 전혀 아깝지 않았습니다."

"동생?"

"예, 형제면 그 정도는 해 줄 수 있지 않겠습니까?"

하현호도 형제가 있는지 고개를 끄덕이며 공감했다.

"근데 두 사람이 친형제인 줄은 몰랐군."

"친형제는 아닙니다. 다만 같이 먹고 자고 고생하는데 친형제나 다름없다고 생각합니다."

그 말에 하현호가 또 한 번 피식 웃었다.

"재밌는 놈, 넌 좋은 지휘관이 되겠구나."

하현호가 흐뭇하게 대한을 바라보고는 시선을 옮겨 김민철에게 물었다.

"임시지만 EHCT 팀원으로서 지내는 동안 느낀 점이 궁금하구나."

하현호의 질문에 김민철은 잠시 고민했다.

그러더니 이내 대답하기 시작했다.

"일단 EHCT 팀에 들어오길 참 잘했다는 생각이 들었습니다."

"어떤 면에서?"

"크게 느낀 점을 두 가지만 꼽자면 첫 번째는 김대한 중위 때문입니다."

"김 중위 때문에? 왜?"

"김대한 중위가 절 친동생처럼 생각해 주듯 저 역시 김대한 중위에게 큰 의지가 되었습니다."

"그렇군. 그럼 두 번째는?"

"두 번째는 며칠 전에 생겼는데 얼마 전 박태현 하사와 친해진 미군 중 상이군인분이 있었습니다. 그 미군이 상이군인이 된 상황을 들으며 저희가 얼마나 중요한 일을 하는지 확신이 들었습니다."

"어떤 이야기를 듣고 그런 생각을 했는지 말해 주겠나?"

"적이 마음먹고 설치해 둔 급조 폭발물은 전문 팀이 아니고서야 전장의 베테랑들도 못 찾는다. 베테랑. 즉, 매일같이 웃고 떠드는 전우들을 위해서라도 저희가 최선을 다해 배워야 한다고. 그래야 그들의 웃음소리를 평생 들을 수 있다고 했습니다."

대한은 EHCT 팀원들이 상이군인들과 이야기를 했다는 건 알고 있었지만 저런 이야기가 오갔는지는 몰랐다.

그래서일까?

기대 이상의 대답에 대한의 입꼬리가 올라갔다.

하나 하현호는 생각이 많아졌는지 조금은 다른 표정으로 물었다.

"……그런 이야기가 오간 걸 보면 그들의 상처도 제대로 봤을 텐데 두렵진 않더냐? EHCT 팀에 선발이 된다면 언제든지 그렇게 될 수도 있을 텐데?"

"음…… 두렵습니다. 하지만 김대한 중위가 저희에게 그런 일이 일어나지 않게 만들어 줄 거라고 믿고 있습니다."

김민철의 대답에 면접관들이 시선이 대한을 향했다.

대한이 고개를 끄덕이며 답했다.

"그래, 나만 믿어. 절대 그런 일 없을 거다."

"예, 알겠습니다."

두 사람의 대화에 하현호가 고개를 내저으며 말했다.

"요즘에도 이런 군인들이 있네. 김 상병, 김 중위를 어떻게 그렇게까지 믿는 거지? 김 중위가 현장 경험을 가지고 있는 건 아니잖아?"

일부러 대한을 깎아내리기 위한 질문이 아니었다.

그저 대한을 향한 김민철의 믿음이 어디서 나왔는지 궁금했을 뿐.

이는 대한도 궁금한 것이었다.

김민철이 대한을 흘끔 바라보고는 말했다.

"빈말은 물론 작은 거짓말도 하는 걸 본 적이 없습니다."

"……그게 이유야?"

"예, 그렇습니다."

"뭐 거창할 거라 기대한 건 아니었지만 이건 또 너무 사소한 것 같은데……."

하현호가 고개를 갸웃거리던 그때, 김민철이 말을 이었다.

"사소한 거라 생각하실 수도 있지만 사실 굉장히 힘든 것이라 생각합니다."

"사소하지만 힘든 것이란 건 인정한다."

"예, 제가 말을 많이 하지 않는 이유가 그것 때문입니다. 말을 많이 하다 보면 그런 일이 발생할 확률이 높은데 김대한 중위는 말을 많이 함에도 그런 일이 일어나는 걸 본 적이 없습니다."

하현호가 대한을 바라보며 말했다.

"그래, 김 중위가 대답을 따박따박 잘 하는 편이긴 하지. 빈 말도 없고 거짓말도 없고…… 확실히 믿을 만하겠네."

놀리는 듯한 뉘앙스였지만 전혀 꼽지 않았다.

오히려 기분이 좋았다.

그 누구라도 부하에게 저런 말을 들으면 기분이 좋을 테니까.

'자식, 기본이 됐네.'

면접에서 이렇게 감동을 받을 줄은 몰랐다.

특히 그 상대가 김민철일 줄은 더더욱이.

하현호가 웃으며 말했다.

"김 중위가 부하를 잘 만난 건지 김 상병이 상급자를 잘 둔 건지 잘 모르겠지만 EHCT 팀원으로서 훌륭한 자원인 것 같다."

"감사합니다."

"전문지식은 따로 묻지 않으마. 자네들을 가르친 교관이 전문가가 아닌 사람들이 하는 질문에도 답변을 못 할 정도로 허술하게 가르치진 않았을 것 같으니까."

하현호의 말에 김민철은 처음으로 미소를 지어 보였다.

하현호 또한 그의 웃음에 같이 미소를 지었다.

"하하, 고생을 얼마나 시켰으면 저렇게 자신 있고 해맑게 웃나?"

"전문가답게 임무수행을 할 수 있을 정도로 확실하게 시켰습니다."

"그래, 잘 만들어 놨구나. 김 상병은 이제 나가 봐도 된다."

김민철이 경례를 하고 면접장을 떠났고 그가 나가자마자 면접관들이 대한을 칭찬했다.

대한은 면접관들의 칭찬에 입꼬리가 귀에 걸렸다.

'자식들, 오늘 저녁은 치킨이다. 1인 1닭으로 먹여 주마.'

이렇게 얼굴에 금칠을 해 주는데 그깟 치킨이 대수랴?

원하는 건 다 사 주마.

대한이 칭찬 세례를 받는 것도 잠시.

이어서 남은 지원자들의 면접을 진행했다.

기준이 잡힌 면접은 순식간에 진행되었다.

물론 그 기준이 높긴 했지만 상관없다.

어차피 어중이떠중이나 건지려고 만든 팀이 아니었으니까.

그렇게 마지막 지원자의 면접이 끝나고 서류를 정리했다.

"고생하셨습니다."

"그래, 고생했다. 그럼 이제 부사관 면접해야지?"

"부사관 말씀이십니까?"

대한은 앞에 있는 지원서와 평가지를 살펴봤다.

하지만 부사관 지원자는 어디에도 없었다.

보직장교가 대한이 서류를 살피는 것을 보고는 말했다.

"너한테는 서류 없어."

"아, 그렇습니까?"

"그래도 다른 부대 부사관인데 너한테 자력까지 다 보이긴 좀 그렇잖아. 넌 면접하는 거 보고 평가만 도와줘. 추천서 있는 인원들은 두 명이니까 평가도 별로 어렵지 않을 거다."

여기에 추천서까지 받아 와?

대한은 고개를 갸웃거리고는 다시 자세를 고쳐 앉았다.

'어쨌든 괜찮은 사람이란 거잖아?'

경쟁력 있는 사람이라면 언제든 환영이다.

잠시 후, 면접장의 문이 열렸고 이동진이 들어왔다.

"어? 이 하사?"

"하하, 잘 지내셨습니까?"

하현호가 피식 웃으며 말했다.

"자력 볼 필요도 없지?"

"하하, 예. 이미 아는 사람이란…… 아, 혹시 추천서 차장님이 써 주셨습니까?"

"어, 직접 가져오셨더라."

중장의 추천장이라.

면접을 굳이 볼 필요도 없었다.

김현식이 한가한 양반도 아니고 직접 추천서를 써서 가져다줬는데 그런 사람을 뽑지 않는다?

일찌감치 군복 벗는 게 맞았다.

'중장이 피도 안 섞인 하사를 괜히 추천하겠냐고.'

대한은 면접관들에게 운전을 위해 이동진이 필요하다고 덧붙였다.

그렇기에 면접은 별로 길 필요가 없었다.

그가 운전을 잘하는 건 육본에 있는 누구나 다 아는 사실이었으니까.

내일 있을 체력 테스트만 잘 통과하길 빌어주고는 바로 내보냈다.

이동진이 나가고 마지막 부사관 지원자의 차례가 되었다.

대한은 또 어떤 사람의 추천장을 든 사람이 올지 궁금했다.

이내 면접장의 문이 열렸고 또 한 명의 익숙한 사람이 얼굴을 비쳤다.

그런데.

"⋯⋯어?"

대한은 자신의 눈을 의심했다.

면접장 문을 열고 들어온 건 다름 아닌 유소연 하사였기 때문이다.

유소연은 대한을 흘끔 바라보고는 하현호에게 경례했다.

"충! 성!"

"어, 충성. 앉게."

유소연이 자리에 앉자 하현호가 물었다.

"김 중위랑 아는 사이인가?"

"예, 알기도 알고…… 관심 있게 지켜보던 군인입니다."

그녀의 답변에 면접관들의 고개가 일제히 대한을 향해 돌아갔다.

대한은 부담스러운 시선을 받고는 어색하게 웃어 보였다.

"하하, 저한테 무슨 관심을……."

"관심에 종류가 있습니까? 그냥 관심이 있습니다."

그녀의 대답에 면접관들의 표정이 흐뭇하게 변해 갔고 대한이 얼른 손을 내저었다.

"뭔가 오해하고 계시는 것 같습니다."

그러나 하현호가 고개를 저으며 은근하게 말했다.

"어쩐지…… 그렇게 위험하다고 강조를 했는데도 여길 지원한 걸 보면 그만한 이유가 있었겠지."

"……절대 아닐 겁니다. 분명 다른 이유가 있을 겁니다. 유하사, 그렇지 않습니까?"

대한의 다급한 물음에 유소연이 고민하지 않고 바로 답했다.

"김 중위이라면 부하를 위험한 곳에 그냥 두지 않을 거라 생각했습니다. 그렇기에 위험에 대해선 별로 신경 쓰지 않았습니다. 그리고 무엇보다도 김 중위랑 같이 근무를 해 보고 싶었습니다. 그게 지원 사유입니다."

"음."

"으흠."

"좋군."

일제히 고개를 끄덕이는 면접관들.

아니, 좋긴 뭐가 좋은데요?

대한이 속으로 한숨을 참으며 말했다.

"······정말 오해 없이 들어 주셨으면 좋겠습니다."

"오해? 무슨 오해?"

"우린 그런 거 할 줄 모르는데?"

"······저도 그렇게 생각하긴 하는데 얼굴에 오해들이 가득하신 것 같습니다."

"하하, 그거야말로 오해다."

하현호는 그저 보기 좋다는 듯 대한과 유소연을 번갈아 보았다.

그러다 장난기를 빼고 유소연에게 물었다.

"김 중위 때문에 지원한 건 그렇다 치고 면접 뒤에 체력 측정이 남았는데 그건 자신 있나?"

그 물음에 유소연이 자신 있게 대답했다.

"예, 자신 있습니다."

유소연의 자신 있는 대답에 하현호가 피식 웃으며 말했다.

"공고에서 봐서 알 테지만 기준은 하나야. 여군이라고 해서 봐주거나 하지 않아."

"예, 이미 확인했습니다."

유소연의 자신 있는 대답에 하현호가 그녀의 개인 자력을 살펴보았다.

"이야······ 뜀걸음 11분대? 이거 진짜야?"

"전반기에 측정한 기록인 것 같은데 지금은 더 단축할 수 있습니다."

대한도 곁눈질로 그녀의 자력을 확인했다.

'······전부 특급?'

실화인가?

실화였다.

이렇게 되면 말이 좀 달라지는데?

하현호가 대한에게 물었다.

"김 중위, 그나저나 EHCT 팀에 여군 괜찮나?"

고민이 많던 대한이었지만 이 질문에는 고민할 필요가 없었다.

"EHCT 팀엔 군인만 있지 남군 여군으로 나눌 생각은 없습니다."

하현호가 만족스러운 듯 고개를 끄덕이고는 유소연에게 말했다.

"일단 팀장은 오케이네. 일은 엄 장군이 추천하는 걸 봐서는 잘 할 거고······ 체력만 잘하면 되겠구나."

"사단장님께서 연락하셨습니까?"

"뭐 청탁 전화나 그런 건 아니니까 신경 쓰지 마."

하현호가 신경 쓰지 말라고 했지만 그녀의 얼굴에는 약간의 불만이 보였다.

유소연은 본인의 힘으로 EHCT 팀에 들어오고 싶은 것 같았다.

그렇기에 엄두호의 연락이 달갑지 않았겠지.

하지만 대한은 이를 나쁘게 보지 않았다.

'엄두호 그 양반 밑에서 일을 잘했나 보네.'

투 스타나 되는 양반이 하사를 위해 직접 추천을 한다고?

그것도 엄두호 같은 양반이?

본인의 군 생활 경험을 다 뒤져 봐도 이런 일은 없었다.

그만큼 엄두호의 마음에 들었기에 연락을 한 것이겠지.

오죽하면 대한도 군침이 돌겠나.

'박태현 대신 많은 걸 할 수 있겠는데?'

하현호는 유소연에게 몇 가지 질문을 더 하고는 그녀를 내보냈다.

대한이 하현호에게 물었다.

"이제 진짜 끝이지 않습니까?"

"어, 끝이다."

"후, 고생하셨습니다."

하현호가 미소를 지으며 말했다.

"유 하사가 체력 측정만 통과하면 좋겠구만."

"저도 그러길 바라고 있습니다."

"그렇겠지."

"……부장님, 진짜 아닙니다."

"오냐오냐."

하현호가 대한의 어깨를 토닥여 주고는 자리에서 일어났다.

오해를 풀지 못한 대한이 시무룩하게 있자 이번엔 통제장교가 와서 대한을 격려했다.

마지막으로 보직장교까지.

오해에 이자가 붙는 것 같았지만 대한이 이 오해를 풀 방법은 없었다.

✳

다음 날 오전.

EHCT 팀 지원자들의 체력 측정이 시작되었다.

팔굽혀펴기나 윗몸일으키기는 문제가 아니었다.

합격에 있어 가장 큰 문턱은 뜀걸음.

3km를 11분 안에 뛰어야했다.

합격 기준을 약간 낮추긴 했지만 그럼에도 엄청난 수준이었다.

지원자들이 긴장된 표정으로 출발선에 섰고 이내 뜀걸음이 시작되었다.

대한은 본인의 밑에 있던 팀원들이 선두로 치고 나가는 걸 보고는 만족스러운 표정을 지었다.

'처음부터 전력으로 달리듯 뛰어야 시간 내에 들어올 수 있

지.'

팀원들이 떨어질 거란 생각은 하지 않았다.

그때, 팀원들의 뒤를 바짝 쫓는 두 사람.

운전을 해 주었던 이동진과 유소연이었다.

유소연은 자력에 적혀 있던 대로 정말 잘 뛰었다.

하지만.

'저 속도로 계속 뛸 수 있을까?'

남군과 여군을 나누지 않는다고 하긴 했지만 신체적 차이는 분명 존재했다.

유소연에게는 거의 전력질주와 같은 속도일 텐데 과연 감당이 가능할까?

그러나 의문은 5분도 채 지나지 않아 풀렸다.

유소연은 선두 무리의 뒤를 바짝 쫓으며 효율적인 달리기를 하고 있었다.

그리고 그녀의 표정에도 어느 정도 여유가 있어 보였다.

'연습을 얼마나 했을지 감도 안 오네.'

대한은 결승점으로 이동해 지원자들을 기다렸고 멀리서 지원자들의 모습이 보이기 시작했다.

지원자들은 결승점이 보이자마자 전력으로 달려왔다.

대한은 시간을 확인하고는 물을 챙겼다.

잠시 후, 지원자들이 결승점을 통과했다.

대한이 통과한 인원들에게 물을 가져다주었다.

"하아! 감사합니다!"

선두 그룹에는 대한의 팀원들이 모두 속해 있었고 그들 모두 합격 기준에 들어왔다.

그간의 고생을 보답이라도 받은 양 기쁜 표정을 짓고 있었고 대한이 그들 하나하나 격려를 해 주었다.

그렇게 격려하던 것도 잠시, 유소연이 결승점을 통과했다.

대한이 시간을 확인하고는 유소연에게 다가갔다.

거친 숨을 내뱉는 유소연에게 물을 건네며 말했다.

"대단하십니다. 합격 축하드립니다."

"하아하아…… 감사합니다."

"유 하사 같은 군인이 지원해 줘서 제가 감사하죠."

진심이었다.

이 정도 인재를 또 어디서 구하겠나?

전 군을 뒤져 봐도 한두 명 더 있으면 많다고 볼 수 있었다.

이내 합격자가 모두 정해졌다.

합격자는 총 10명.

원했던 숫자에는 절반 정도 모자랐다.

대한은 아쉽게 떨어진 인원들을 보며 생각했다.

'시간 조금만 더 주면 붙을 수 있을 것 같은데.'

대한은 지원자들을 정리시킨 후 하현호에게 보고를 위해 이동했다.

그리고 하현호에게 인원의 부족을 설명하고는 한 번 더 공고를 내달라 부탁했다.

처음 하는 것이 어렵지 두 번째는 크게 어렵지 않았다.

하현호가 흔쾌히 허락을 해 주었고 대한은 그에게 경례를 한 뒤 주차장으로 나왔다.

주차장에는 이미 팀원으로 확정돼 있는 박태현이 팀원들과 함께 대기 중이었다.

"오늘 떨어졌으면 부대까지 뜀걸음으로 오라고 하려고 했는데…… 용케도 다 붙었네."

"하하, 소대장님. 애들이 그렇게 굴렀는데 11분도 못 뛰겠습니까?"

"긴장하면 또 모르지. 몸 이상 있는 인원 있어?"

대한의 물음에 김민철이 씩씩하게 답했다.

"없습니다!"

"민철아, 면접 기가 막혔다. 부장님이 아주 만족하시더라."

"하하, 그렇습니까?"

"그래, 말을 그렇게 잘 하는 줄 알았으면 널 팀장 시킬 걸 그랬다."

박태현이 억울하다는 듯 말했다.

"와, 소댐. 이러실 겁니까? 제가 가르쳤으니까 대답을 잘했던 겁니다."

"참나, 내가 너를 모르냐? 누가 누굴 가르쳐?"

"아, 억울합니다?"

"억울하긴 개뿔이나. 됐고, 얼른 복귀나 하자. 피곤하다."

"예, 알겠습니다!"

대한의 말에 모두들 우렁차게 대답한다.

그리고 다들 누가 먼저랄 것도 없이 대한을 향해 뛰기 시작했다.

그 모습을 본 대한이 박태현에게 말했다.

"넌 운전 연습이나 좀 해라."

"억울합니다?"

"뭘 자꾸 억울해? 가서 차나 몰아."

그렇게 육본을 빠져나간 두 차량은 곧장 공병단으로 향했고 그로부터 몇 시간 뒤, 대한은 익숙한 위병소를 보며 편안함을 느끼기 시작했다.

'이제 좀 편하게 지낼 수 있겠네.'

위병소를 통과하려는 그때, 위병 근무자가 대한에게 다가왔다.

"충성! 어떤 용무로 오셨습니까?"

"……응? 나 복귀."

"어…… 어디에서 오시는 겁니까?"

대한은 위병 근무자의 계급을 확인했다.

일병.

흠, 그래.

일병이면 내 얼굴을 모를 법도 하지.

대한이 대수롭잖다는 듯 말했다.

"나 단 인사장교야. 차량 등록된 거 확인해 봐."

"어…… 알겠습니다. 근데 단장님께서 신원 확인을 철저하게 하라고 하셔서 일단 내려 주시겠습니까?"

내리라고?

하, 이게 무슨 일이지.

여기 내 집이나 마찬가지인 곳인데.

대한이 시무룩하게 차에서 내리자 박태현이 창문을 열고 물었다.

"뭐 하십니까?"

"출입 신청하래."

"……예?"

박태현이 어이없다는 듯 되묻고는 차에서 내렸다.

그리고 근무자에게 다가가 말했다.

"선임 없어? 내 얼굴 몰라?"

"아, 부대 인원이 없어서 급하게 투입된 상황이라 근무자 중에는 제가 선임입니다."

"위병조장은? 위병조장!"

박태현이 위병조장을 호출했고 대한은 나오는 위병조장의 계급을 확인하고는 한숨을 내쉬었다.

"태현아, 일단 출입 신청부터하자."

"아니, 소댐. 근무하는 간부가 무슨 출입 신청을 합니까?"

"너 위병조장 얼굴 아냐?"

박태현이 위병조장을 확인하고는 고개를 내저었다.

"……모릅니다."

"내가 인사과장이랑 인사장교 하면서 병력들 얼굴은 다 몰라도 이름은 다 알고 있었는데 얼굴이고 이름이고 다 초면이다."

"하…… 미치겠네."

대한과 박태현은 위병소로 이동해 출입 신청을 마쳤다.

그리고 다시 차에 탑승해 위병소를 통과하며 위병 근무자들에게 물었다.

"근무자들 소속이랑 중대 다 알려 줘 봐."

"……죄송합니다."

대한이 통과할 수 없었던 가장 큰 이유는 대한의 차량에 대한 정보가 그들에게 주어지지 않았기 때문이다.

부대를 비운 동안 부대에 출입하는 차량을 최신화했고 그때 대한의 차량이 빠진 것.

미등록 차량이 부대로 출입하는데 막는 건 위병 근무자로서 당연한 일이었다.

대한이 피식 웃으며 말했다.

"죄송하긴 뭐가 죄송해? 근무 잘 서서 휴가 주려고 물어보는 거니까 얼른 말해."

"예? 아, 잘못 들었습니다?"

그러자 차에 탑승하고 있던 팀원들이 위병 근무자를 향해 말했다.

"야야, 빨리 말해. 언제까지 위병소에 잡아 둘 거야?"

"휴가 안 받을 거냐? 필요 없으면 나한테 넘겨."

"예? 네 선임 누구야?"

위병 근무자는 정신이 혼미해져 아무 말도 하지 못했다.

대한이 고개를 내저으며 말했다.

"내가 알아서 찾아서 줄게. 원래 3일 주려고 했는데 방금 2일로 줄었다."

"아……."

"아?"

"아, 아닙니다. 감사합니다!"

대한은 위병 근무자들의 경례를 받으며 곧장 단으로 올라갔다.

단 막사 정문에는 대한의 연락을 받은 박희재가 대한을 기다리고 있었다.

대한과 병력들이 차에서 내려 바로 복귀 신고를 준비했다.

"부대 차렷! 단장님께 대하여 경례!"

"충! 성!"

박희재가 그들의 경례를 받고는 말했다.

"됐다. 신고는 생략! 한 놈씩 이리 와."

박희재는 병력들과 각각 악수를 나누며 격려를 해 주었다.

그렇게 격려가 끝나고 난 뒤.

대대 소속인 박태현과 병력들을 모두 대대로 내려 보냈다.

박희재가 대한의 어깨를 토닥이며 말했다.

"다들 너 오길 기다리고 있다. 얼른 들어가자."

"아, 그렇습니까?"

"당연하지. 다들 널 필요로 하고 있어."

필요로 한다고?

내가 왜 필요하지?

대한이 고개를 갸웃거리며 박희재를 따라 막사로 들어갔다.

그런데 당연히 단장실로 향할 줄 알았건만 목적지는 단장실이 아닌 지휘 통제실.

'왜 여기로 가는 거지?'

지휘 통제실에는 전 간부가 회의하는 것처럼 진지하게 앉아 있었다.

간부들을 살피던 대한이 빔 화면에 띄워져 있는 글자를 보며 눈을 의심했다.

"……단 전술훈련계획?"

단 전술훈련 계획을 본 대한의 눈이 가늘게 떨리기 시작했다.

이윽고 대한이 자리에 앉자 박희재가 함박웃음을 지으며 말했다.

"자, 우리 인사장교가 세계대회 준비를 성공적으로 마무리하고 부대 인력 획득 점수도 크게 키우고 복귀했다. 모두 박수!"

전 간부들이 하나같이 대한을 향해 크게 박수를 쳐 주었다.

대한이 목례를 하며 그들의 환대를 받아 주는 것도 잠시, 곧 박수가 멈추었고 박희재가 회의를 진행했다.

"그럼 이제 주인공이 도착했으니 바로 시작하자."

그러자 대한의 옆에 있던 여진수가 말했다.

"단장님, 아무래도 인사장교가 내용 숙지할 시간이 좀 필요할 것 같습니다."

"그래? 근데 설명이 오래 걸리려나? 대한아, 저기 적힌 거 보이지?"

단 전술훈련계획.

맹인이 아니고서야 저게 안 보이겠는가.

대한이 고개를 끄덕이며 말했다.

"예, 보입니다."

"우리 저거 해야 해. 오케이?"

"……?"

실화였다.

Chapter 4

대한의 입에 헛웃음이 띠자 여진수가 피식 웃으며 말했다.

"단장님, 이제 막 복귀한 앤데 흡연 시간이라도 가지며 천천히 숙지시켜 주는 게 어떻겠습니까?"

"그럴까?"

"예, 그렇게 하시면 좋을 것 같습니다."

박희재가 간부들에게 휴식을 부여하고는 자리에서 일어났다.

그러자 여진수도 턱짓하며 말했다.

"우리도 가자."

"……예, 알겠습니다."

오자마자 이게 무슨 날벼락이야?

이윽고 흡연장에 도착하자 여진수가 웃으며 말했다.

"근데 더 설명할 게 있냐? 우리 전술훈련 해야 해."

"갑자기 말입니까?"

"갑자기는 아니야. 단장님 보직 끝나기 전에 전순훈련 한 번은 해야지. 그게 지금일 뿐이야."

"아⋯⋯."

평균적으로 1년 동안 단장의 임무를 수행한다.

그 기간 동안 해야 하는 꼭 해야 하는 훈련이 바로 단 전술훈련.

이 훈련을 해야 단급 부대를 지휘할 수 있다는 자격이 증명되기 때문이다.

근데 그게 왜 하필 지금이냐는 것이다.

대한이 물었다.

"근데 단장님 보직 얼마 남지도 않았는데 이걸 이제 합니까?"

"이게 상황을 보면 너한테 다 맡기려고 하는 것처럼 보일 수도 있는데⋯⋯ 그렇게 생각하면 안 돼."

"⋯⋯그럼 어떻게 생각해야 합니까?"

"우리 부대 제일 전문가가 올 때까지 기다린 거지."

"⋯⋯?"

"진짜야."

"⋯⋯그게 저한테 맡기려는 거 아닙니까?"

"다르지."

여진수의 능청에 대한이 고개를 내저었다.

"과장님도 충분히 하실 수 있으셨잖습니까?"

"내가 어떻게 해?"

"왜 못합니까? 장비 운용이나 장간 조립교 훈련 하면 되는 거 아닙니까?"

"에이, 아니야. 일단 이거 한번 읽어 봐."

단 전술훈련이 그게 아니라고?

대한은 여진수가 내민 계획서를 살폈다.

그리고 시간이 지날수록 점점 미간이 좁아졌다.

"……대침투?"

"그래, 그걸로 진행하라고 지침 내려왔다."

"……?"

"진짜야."

"아, 아니, 도대체 공병단이 왜 이걸 해야 합니까?"

대대 전술훈련은 사소한 내기로 시작되어 일이 커졌기에 대침투 훈련으로 대체했던 것이다.

하지만 단 전술훈련은 그런 내기도 없었다.

물론 대침투야 어느 부대든 할 줄 알아야 하는 것이긴 했지만 전술훈련을 대체할 정도로 중요하진 않았다.

애초에 병과나 부대를 나눈 이유가 각 병과나 부대마다 해야 할 일들이 있기 때문에 나눈 것 아니겠나.

근데 공병인 우리가 이걸 왜 해?

대한이 납득이 안 간다는 표정을 짓고 잇자 여진수가 유쾌하게 웃으며 말했다.

"하하, 그게 사실 이런 지침은 없었거든? 근데 이틀 전에 이 지침이 갑자기 내려왔어."

"이틀 전에 말입니까?"

"어, 이틀 전에."

이틀 전이면 대한이 면접을 위해 육본에 갔을 때였다.

폐막식이 끝나고 박희재에게 연락을 했을 때도 별다른 말이 없었는데 그사이 무슨 일이라도 있었던 건가?

대한이 열심히 머리를 굴리며 이번 지침에 대해 추측하자 여진수가 담배 한 모금을 하며 말했다.

"그거 후임 사령관님께서 직접 지시하셨대."

"사, 사령관님이 직접 말씀이십니까?"

"어, 그래서 너 오면 바로 진행하려고 했던 전술훈련 계획 다 취소한 거야. 절대 너한테 짬 때리려고 그런 게 아니라."

"……."

그런가?

말이 그렇게 되나?

대한의 고개가 모로 기울어지려던 찰나, 순간 여진수의 능글맞은 미소가 보였다.

아, 그럴 리가 없지.

대한이 미간을 좁히며 물었다.

"거짓말하지 마십쇼."

"무슨 거짓말?"

"제가 족히 10개월은 부대를 비웠습니다. 솔직히 그 사이에 전술훈련 하려면 몇 번은 더 할 수 있는 시간이었는데 이걸 여태껏 끌었다는 건 과장님 성격에 말이 안 됩니다."

"크흠……."

여진수가 민망함의 헛기침을 한다.

정곡을 찔린 것이다.

하.

이 양반이 진짜…….

그러나 이제 와서 더 짜증 낼 수도 없었다.

어차피 엎질러진 물.

게다가 후임 사령관이 내린 지침이라지 않은가.

대한은 그냥 현실을 받아들이기로 하며 다시 계획서를 살폈다.

그러다 눈에 띄는 대목을 발견했다.

"……어? 50사단 124연대? 설마 이번에 연대가 침투하는 겁니까?"

"어, 대신 침투 병력은 100명 내외야."

"……그걸 침투라고 합니까? 100명이면 그냥 전면전 아닙니까?"

"에이 아무리 그래도 설마 한 번에 오진 않겠지."

"만약에 사령관님이 124연대에게 공병단에게 지면 큰일 날 거라 경고하신다면 어떻게 하실 겁니까?"

"……그럼 전면전인가?"

아이씨.

당연히 전면전이지 이 사람아.

쥐도 궁지에 몰면 고양이를 문다고 사령관 경고가 걸려 있는 상황에 발등에 불까지 떨어지면 중공군처럼 밀고 들어오지 않을 거란 보장이 있어?

'미치겠네.'

만약 정말로 그런 식으로 밀고 들어오면 답이 없긴 했다.

공병단에게 병력이라도 많으면 모르겠지만 공병단이 보유한 병력은 고작해야 200명 내외.

심지어 그중에서도 비전투 인원을 제외하면 200명 이하로 떨어질 터였다.

대한의 표정이 심각해지자 그제야 사태의 심각성을 느낀 여진수가 조심스럽게 물었다.

"어…… 네가 봐도 사이즈가 좀 힘들어 보이냐?"

"예, 뭐…… 이 정도면 그냥 선제타격을 하던지 최대한 시간을 끄는 것이 최선이지 않겠습니까?"

"흠, 그래?"

이는 대한만이 내릴 수 있는 결론이 아니었다.

아마 전 간부들 모두 대한과 같은 생각을 하고 있을 것이다.

그래서 대한을 기다리고 있었던 것.

대한은 여태껏 기가 막힌 방법으로 승리를 쟁취해 낸 승리의 아이콘이었으니까.

그렇기에 대한도 열심히 머리를 굴렸다.

어떻게 쌓은 군 생활인데 이제 와서 실망했다는 소리를 들을 순 없지.

대한과 여진수는 잠시 고민했고 이내 대한이 고개를 끄덕이 며 말했다.

"일단 단장님 오면 한 번에 말씀드리겠습니다."

"오, 무슨 방법이라도 있는 거야?"

"방법이 없으면 안 되는 상황 아닙니까?"

"그렇지. 없으면 안 되지. 역시 대한이 넌 방법이 있을 줄 알 았다."

"대단한 방법은 아닙니다. 근데 뭐가 됐든 과장님도 같이 고 생해 주셔야 합니다."

"아이구 그럼. 당연히 그래야지."

킬킬 웃는 여진수.

그래, 그 미소가 언제까지 이어지나 한번 보자.

잠시 후, 두 사람은 다시 회의실로 복귀했고 회의가 재개되 자마자 대한이 자리에서 일어나 입을 열었다.

"사령관님께서 저희 공병단에게 어떤 모습을 기대하는지 정 확히 알 수는 없지만 일단 평범한 방법이라면 무조건 패배할 수밖에 없다고 생각합니다. 혹시 이 의견에 반대하시는 분 계십니까?"

조용한 장내.

아무도 없었다.

대한이 무겁게 고개를 끄덕이며 말을 이었다.

"일단 회의가 끝나는 순간부터 병력들 차단선 훈련을 바로 실시하겠습니다. 뭐든 기본은 갖추어야 다른 무언가를 진행할 텐데 기본이 안 되어 있다면……."

그때, 박희재가 대한의 말을 끊었다.

"그건 이미 하고 있다."

"벌써 말씀이십니까?"

"그래. 분대장 통제 하에 차단선 투입 훈련 진행 중이고 계급 낮은 인원들 위병소 투입해서 경계 근무 훈련 중이다."

박희재의 말에 대한은 자기도 모르게 미소를 그리며 간부들을 둘러보았다.

다행히 모두들 대책 없이 손만 놓고 있었던 건 아니다.

그래.

이 사람들 짬바가 얼만데 설마 놀고만 있었겠어?

최소한 기본은 해 놓고 대한에게 기대를 거는 것.

'이런 게 바로 팀워크지.'

물론 단 전술훈련을 최대한 미룬 건 제외지만 말이다.

박희재의 자신 있는 대답에 대한이 고개를 끄덕이며 말했다.

"그럼 이 뒤는 제가 알아서 하겠습니다."

"응? 끝이야? 우리가 할 거 없어?"

"예, 할 거 이미 다 해 주셨습니다. 회의 끝나고 중대장들과 위치만 확인하겠습니다."

박희재가 고개를 끄덕이고는 간부들에게 말했다.

"자, 주목."

"주목!"

"각자 할 것만 열심히 해 주면 큰 훈련 앞두고도 전혀 안 바쁘잖아. 지금 바쁜 사람 있어?"

"없습니다!"

"있으면 안 돼. 고작 훈련 때문에 바쁘면 전쟁 났을 땐 어떻게 하려고 그래? 그런 사람 있으면 지금이라도 당장 군복 벗어."

박희재는 간부들을 슥 훑어보고는 본인의 전투복 지퍼를 살짝 내리며 말했다.

"일단 나부터 좀……."

그의 장난에 간부들이 웃음을 터트렸다.

박희재는 간부들의 반응에 입꼬리를 올리고는 말을 이었다.

"그래, 이렇게 웃으면서 준비하자고. 돈 들거나 계급 필요한 일 아니면 따로 보고하지 말고 알아서 본인 선에서들 진행해. 그럼 이상. 중대장들이랑 지원과는 남고."

지휘 통제실에 가득했던 간부들이 훈련 통제를 위해 이동했다.

대한은 중대장들과 차단선 위치를 확인했고 잠시 후 직접 돌며 조정을 하기로 한 뒤 중대장들을 보냈다.

　여진수가 대한에게 물었다.

　"후후, 어때? 우리라고 설마 마냥 놀고만 있었겠냐?"

　"믿고 있었습니다."

　"아까 흡연장에선 아닌 것 같던데? 우리 그런 양아치 아니다."

　"근데 훈련 계속 미루신 건……."

　"어허, 그건 그냥 일이 바빠서 잠깐 후순위가 됐던 것뿐이야."

　여진수의 말에 박희재도 얼른 지원사격 했다.

　"그래, 우리가 얼마나 바빴는지 아냐? 게다가 지침 내려오자마자 진수가 제일 빨리 움직였다? 일병들 싹 불러 가지고 차단선 관련해서 물어보더니 진지장 시키기엔 부족하다고 바로 위병소 투입시켜서 훈련시키는 중이잖냐."

　대한은 위병소라는 말에 문득 조금 전 일이 떠올랐다.

　"아, 위병소 애들 엄청납니다. 저 아까 못 들어올 뻔했습니다."

　"못 들어오다니? 그게 무슨 소리야?"

　"하필 제 얼굴 모르는 인원들이 있어 가지고 출입 절차 다 받고 들어왔습니다."

　대한의 말에 여진수가 웃음을 터트렸다.

　"하하! 그러고 보니 네 생각을 못 했네. 내가 간부 차량 현황이랑 관등성명 다 빼놨거든. 진상부리는 간부들 다 검사하면서 실력 좀 빨리 늘리려고 했거든."

아, 그런 비하인드가 있었어?

근데 그 방법 괜찮네.

확실히 도움이 됐겠어.

대한이 엄지를 치켜들며 말했다.

"괜찮은 방법인 것 같습니다."

"후후, 쩜을 그냥 먹는 게 아니란다. 내가 이 정도인데 우리 단장님은 어느 정도시겠냐?"

"너도 대한이 닮아 가냐? 갑자기 왜 이래?"

"제가 대한이한테 요즘 밀려서 그렇지 원래는 제가 남바완이었습니다."

"하하하! 그건 그렇지!"

다들 웃음을 터뜨린다.

그렇게 장난을 치는 것도 잠시.

대한이 박희재에게 물었다.

"그나저나 후임 사령관님은 어떤 분이신지 아십니까?"

"어떤 분이라니?"

"직접 지침 내리신 만큼 훈련 결과에도 관심이 있으실 텐데 원하시는 훈련 결과를 유추할 수 있을까 싶어 미리 여쭤보는 겁니다."

육군의 최고 계급 군인이 직접 지침을 내리는 데는 다 그만한 이유가 있을 것이다.

거창한 이유가 아니라도 원하는 그림이 분명히 있을 터.

그래도 단장인 박희재라면 약간의 언질은 받아놨겠지.

박희재가 고개를 갸웃하고는 대한에게 물었다.

"너 사령관님 누군지 몰라?"

"EHCT 팀 인원들 면접이랑 체력 측정하고 바로 온다고 아직 확인 못 했습니다."

"여기서 네가 제일 잘 알걸?"

"……예?"

"참모차장님 진급하셔서 오시잖아."

"……아?"

대한은 참모차장이라는 말에 눈이 커질 수밖에 없었다.

세계군인체육대회를 성공적으로 마치자마자 진급이라니.

대한이 박희재에게 물었다.

"그럼 지금 작전사에 계시는 겁니까?"

"어, 아마 지금 인수인계 중이실걸? 오자마자 지금 사령관님께 허락 받고 공병단 전술훈련 관련해서 지침 내리신 상태야."

"와…… 전혀 몰랐습니다."

"너도 정신없었으니까 그럴 수도 있지. 연락도 못 했을 텐데 얼른 연락드려 봐라. 바쁘셔서 못 받으실 것 같긴 한데 네가 복귀했다는 걸 아시면 또 지침을 내려 주실 것 같구나."

"예, 알겠습니다."

로또부터
장군까지

박희재와 여진수가 수첩을 챙겨 지휘 통제실을 벗어났다.

대한은 휴대폰을 꺼내 김현식에게 연락했다.

김현식은 기다렸다는 듯 대한의 전화를 받았다.

"충성!"

―하하, 안 그래도 연락 기다리고 있었다. 복귀 잘했나?

"예, EHCT 인원들 면접까지 잘 마무리하고 부대 복귀했습니다."

―인참부장이 따로 연락 왔더구나. 네가 데리고 있던 애들이 아주 괜찮았다고. 대회부터 시작해서 팀원들 교육까지 여러모로 참 고생했다.

"아닙니다. 제 자리에서 해야 할 일을 했을 뿐입니다. 그나저나 사령관님 진급 축하드립니다."

―하하, 내가 너한테 축하받을 게 뭐가 있냐. 이게 다 네 덕분이다. 네 덕분에 아무 탈 없이 보직 마무리하고 계급장 하나 더 달게 되었어.

겸손이 아니라 진심이었다.

그렇기에 대한도 그간의 고생을 인정받는 것 같아 가슴이 벅찼다.

'사실 내가 한 일은 이 양반이 나 모르게 하던 일에 비하면 아무것도 아닐 텐데 이렇게 말해 주다니.'

이렇게 부하를 챙길 줄 아니까 대장이라는 계급까지 올라갈 수 있었던 거겠지.

대한이 미소를 지으며 답했다.

"제가 차장님 발목 잡는 게 아닌 가 걱정했었는데…… 그렇게 생각해 주시니 감사합니다."

-사실이니까. 그나저나 장기 파견 갔다 오랜만에 복귀했는데 휴가는 안 가나?

음?

뭐지.

휴가라도 주려고 하나?

어차피 쓰지도 못하는 휴가 더 받아 봤자 뭐 하겠나.

만약에 준다고 하면 EHCT 팀원들에게 나눠줄 생각이었다.

그래도 기분이라도 내볼까 싶어 약간의 기대를 가지고 답했다.

"아, 예. 일단 정리 좀 하고 길게 휴가를 떠나 보려고 합니다."

-얼마나 가려고?

설마 기간 맞춰서 휴가를 주려고 하나?

그렇다면…….

"14박 15일 생각 중입니다."

참모차장 때도 가능했는데 사령관이 되어서는 더욱 가능하겠지.

김현식이 잠시 고민하더니 입을 열었다.

-그럼 그 기간 뒤에 전술훈련 진행하면 되겠구나.

"잘못 들었습니다?"

―아, 아직 전파 못 받았어? 공병단이랑 124연대랑 전술훈련 지시해 놨다.

전파야 받았지.

받긴 받았는데 설마 이것 때문에 휴가 물어본 거야?

그런 거라면 헛다리 제대로 짚었네.

민망함에 대한이 큼큼 헛기침하며 말했다.

"아, 예. 단 전술훈련을 그것으로 대체한다고 듣기만 들었습니다."

―하하, 마침 너희 단장이랑 124연대장이 필수 훈련을 하지 않은 상태더구나. 네 실력도 볼 겸 바로 지시했지. 그래도 네 컨디션이 좋은 상태에서 진행해야 할 것 같아서 아직 정확한 일정은 전파해 놓지 않은 상황이다.

아…… 이래서 내 휴가를 물어본 거구만.

근데 잠깐만.

내 실력이라니?

도대체 무슨 실력?

대한이 당황스러운 듯 물었다.

"사령관님께서 제 컨디션까지 생각해 주셔서 너무 감사합니다만…… 근데 혹시 저의 실력이라면 어떤 실력을 말씀하시는 겁니까?"

―내가 너 대회 진행하는 것만 시켰잖냐. EHCT 팀장을 맡겨 놨는데 전술적으로 부족하면 말이 안 되지. 그리고 작전사 최

정예 전투원에 네 이름이 떡하니 올라가 있던데 이것도 어느 정도 실력인지 궁금하고.

아무래도 김현식은 사령관으로서 예하 부대 전력에 대한 파악을 마치려는 것 같다.

문제는 그 범위가 너무 작다는 것.

'어떤 사령관이 일개 위관급 장교 실력을 궁금해 해?'

대한이 황당함을 감추며 되물었다.

"다, 다른 것으로 확인하셔도 될 텐데…….'"

─뭐, 다른 것도 생각해 보긴 했는데…… 마침 특공이랑 보병 애들이 이를 갈고 있더라고. 근데 특공은 저번에 한 번 졌으니까 감정적으로 훈련할 것 같아서 제외했다.

아이고.

그건 참 감사한 일이었다.

대한이 만약 특공여단장이라면 이번 기회에 명예 회복을 위해서 무슨 일이든 했을 것이니까.

'예를 들면 헬기를 동원한다든지.'

어떻게든 침투를 성공해서 승리로 마무리를 하고 싶을 것이다.

만약 그렇게 된다면 대한의 난공불락 신화는 끝나겠지.

'하늘을 어떻게 막아?'

막을 수 있는 전력이 없었다.

오히려 보병 100여 명이 훨씬 편했다.

근데 특공은 그렇다 쳐도 보병 애들은 왜 이를 가는 거지?

"특공을 제외시켜 주신 건 감사합니다. 근데 보병은 왜 이를 가는 겁니까?"

─뭐 자세한 이유는 모르겠는데 124여단장이 올 초부터 작전 사에 제안을 했다고 하던데?

124여단장이?

그 양반이 왜?

일단 김현식도 모른다니 더 물어볼 건 없었다.

대한이 잠시 고민하고는 입을 열었다.

"사령관님. 그럼 휴가는 훈련 끝나면 마음 편하게 다녀오겠 습니다."

─하하, 그럴래? 그래, 그러는 쪽이 훨씬 좋겠구나. 그럼 언제 하면 좋겠느냐?

"당장 시작하셔도 됩니다."

─자신감이 넘치는구나? 웬만하면 네 일정을 맞춰 주려고 했 는데…… 그럼 다음 주 어떠냐?

"예, 좋습니다."

대한의 대답에 김현식이 웃음을 터트리며 물었다.

─하하! 시원시원해서 좋긴 하다만 너희 단장이랑 회의 안 해 도 되는 거냐?

"저희 단장 또한 저랑 같은 생각을 하고 있을 겁니다."

물어 무엇 하리.

다른 사람도 아니고 박희재인데.

게다가 대한은 박희재에게 아무것도 시키지 않을 예정이었다.

'그 양반도 그걸 바랄 거고.'

아마 대한에게 모든 걸 맡긴 뒤 뒷짐 지고 마실이나 다닐 테지.

김현식은 대한의 대답이 즐거운지 연신 웃음을 터트리고는 말했다.

─재미있는 부대가 밑에 있었구나. 그래, 그럼 다음 주에 시작할 수 있도록 일정 내려 보내마. 아, 참. 혹시 내가 했던 지시 기억하나?

대한은 머리를 빠르게 굴려 보았다.

하지만 마땅히 생각나는 건 없었다.

현장실무자에게 모든 판단을 맡기던 그였다.

그가 지시라고 할 만한 지시를 한 적은 없었다.

대한이 고민하다 조심스럽게 말을 내뱉었다.

"……팀원들 휴가 보내란 것 말씀이십니까?"

─이야…… 지시처럼 한 것도 아닌데 기억하네?

와.

이거라고?

김현식이 대한에게 유일하게 한 지시가 팀원들 휴가를 챙겨 주라는 것이었다.

휴가를 당장 보내라는 말은 없었지만 대한에게 휴가 언제 가냐고 물은 적이 있어 그걸 토대로 추측했을 뿐이다.

대한이 어색하게 웃으며 답했다.

"사령관님 말씀인데 다 기억하고 있습니다."

-자식…… 나한테 더 이상 잘 보일 필요 없어. 작전사에 네가 올 만한 자리는 없더구나.

"하하, 알고 있습니다. 그래도 사령관님 말씀이 기억에 박히는 걸 제가 어떻게 막을 순 없었습니다."

-하, 부관 자리가 중위 자리였다면 바로 호출하는 건데…… 무튼 그 인원들이 휴가 가게 된다면 그 인원 없이 훈련을 진행해야 하는데 괜찮겠나?

김현식은 대한을 인정하는 것처럼 EHCT 팀원들 또한 인정을 하는 것 같았다.

기분이 좋았다.

내가 키운 내 자식 새끼들이 인정받는 것이었으니까.

하지만 기분 좋은 것과는 별개로 전술훈련 때는 쓸 만한 놈들을 쓰지 못하게 되었다.

하나 상관없었다.

대한이 미소를 지으며 답했다.

"닭 잡는 데 소 잡는 칼 쓸 필요 있겠습니까. 저 하나로 충분합니다."

-뭐? 하하! 그래, 좋다. 기대하마.

"알겠습니다. 좋은 결과 보내 드리겠습니다."

대한은 김현식과의 통화를 끊고는 곧장 단장실로 향했다.

그리고 다음 주에 전술훈련이 바로 진행된다는 것을 보고했다.

박희재의 반응은 예상했던 대로였다.

"다음 주? 흠, 그래. 뭐 도와줄 거 있나?"

"없습니다."

"뭐 맨날 없대? 그래도 단장인데 단 전술훈련 때 내가 뭐라도 해야 하지 않겠냐?"

박희재가 기분 좋은 투정을 했다.

'좋으면서 싫은 척은.'

대한이 그에게 미소를 보이고는 말했다.

"그럼 하나만 부탁드리겠습니다."

"……야, 이런 타이밍엔 그냥 나가야 보기 좋은 그림 아니냐?"

"하하, 무료해하시는 것 같아서 하나 부탁드려 보려고 합니다. 그래도 이건 단장님만 하실 수 있는 겁니다."

"나만 할 수 있는 거라고? 뭔데?"

"혹시 124연대장 누군지 아십니까?"

"124연대장? 내가 어떻게 알아?"

"사령관님께서 말씀해 주신 건데 124연대장이 올 초부터 계속 작전사에 건의를 했다고 합니다."

"뭘 건의해? 우리 차단선 뚫어 보겠다고?"

"예, 그렇습니다. 사령관님 말씀으로는 이를 갈고 있다던 데…… 혹시 아시는 분인가 해서 여쭤봤습니다."

박희재가 잠시 고민하고는 컴퓨터를 켜 124연대를 검색했다.

그리고 124연대장의 관등성명을 확인하고는 고개를 갸웃했다.

"이민수?"

"아시는 분입니까?"

"이름은 익숙한데 몰라. 누군지 모르겠는데?"

"그분 좀 알아봐 주셨으면 합니다."

지피지기면 백전백승.

적을 알아야 전쟁에서 승리할 수 있다.

그리고 이는 박희재가 알아보는 것이 제일 효율적이었다.

박희재가 고개를 끄덕이며 답했다.

"이런 일이라면 얼마든지 환영이지. 금방 알아줄 테니까 할 거 하고 있어."

"예, 알겠습니다."

대한은 그대로 단장실을 나와 지원과로 이동했다.

지원과에는 EHCT 팀원들이 모여 여진수와 대화 중이었다.

대한이 그들에게 물었다.

"여기서 뭐 하나?"

"중대 인원들 다 차단선 나가 있어서 막사에서 할 게 없답니다."

중대장들도 이들을 대한의 부하라 판단하고는 아예 제외를 시켜 놓았다.

'일 잘하네.'

박태현이 차출해 온 인원들은 단의 병력이 아니었다.

주둔지를 같이 쓰고 있는 대대의 인원들.

대대에 있는 중대장들도 대한을 신경 쓰고 있다는 것이다.

대한이 흐뭇하게 웃으며 말했다.

"너희들 다 짐 싸. 휴가 출발해야지."

박태현이 고개를 갸웃하며 물었다.

"전술훈련 밀렸습니까?"

"아니, 다음 주에 실시한다."

"근데 저희 휴가 갑니까?"

"어, 가. 너희들까지 있을 필요는 없어. 여태 고생했잖아."

"어…….'

박태현이 눈치를 살피자 여진수가 물었다.

"다음 주라고?"

"예, 사령관님께서 직접 말씀하셨으니 곧 지침 내려올 겁니다."

"하, 그래도 2주는 주실 줄 알았건만…… 야야, 너희들 얼른 일어나. 인사장교가 휴가 출발하라잖아."

박태현은 여전히 눈치를 보며 물었다.

"……저희 진짜 갑니까?"

"싫어? 휴가 자른다?"

"아, 아니 그건 아닌데 그래도 큰 훈련인데 눈치가 보여서 그렇습니다."

"괜찮아, 너네 없어도 충분히 이겨."

대한이 손목시계를 보며 말했다.

"현 시간부로 휴가 출발 준비까지 5분 준다. 시작."

그 말에 병력들이 우당탕 뛰쳐나갔고 대한이 씩 웃으며 여진수 옆에 앉아 전술훈련과 관련한 사항에 대해 이야기하기 시작했다.

그런데 대한의 말을 들은 여진수가 심각한 표정으로 물었다.

"……대한아, 전술훈련은 전술훈련인데 이거 사실상 사령관님이 너 테스트 하시려는 거 아니냐?"

"실력을 보고 싶어 하셨으니 맞는 것 같긴 합니다만…… 설마 사령관님이 겨우 그런 이유 하나로 단급 전술훈련을 하시겠습니까?"

"논리적 이성적으로 보면 맞긴 한데, 사실 군대니까 불가능할 것 같다는 생각은 안 든다. 사령관님이잖냐."

그러네.

사령관은 할 수 없는 일보다 할 수 있는 일이 훨씬 많았다.

그리고 이미 이렇게 전술훈련을 진행하는 것에 대한 선례도 있었다.

그러니 그의 입장에서 대한이 궁금하다는 이유 하나로 훈련을 진행시킬 만한 상황.

대한이 눈을 좁히며 말했다.

"작전사에 제 자리도 없다고 하셨는데 뭘 테스트 하시려는 건지 잘 모르겠습니다."

"작전사에 없다고 했지 다른 곳에는 없다고 안 하셨잖아?"

"그……런가?"

"그래. 그러니까 무조건 잘해야 해. 이런 기회 흔한 기회 아니다. 네가 이때까지 만났던 장군분들이랑 급이 다른 분이야."

육군 대장.

그것도 이제 갓 대장을 단 양반이었다.

입김이 제일 강할 때였다.

작전사가 아닌 어느 부대든 대한을 보내려고 마음먹으면 보내 줄 터.

하지만 대한이 자리 제안을 한두 번 받은 것도 아니었다.

"에이, 아닙니다. 대위 달고 나서면 몰라도 지금은 어디 옮길 생각 없습니다."

"너 파견을 오래 갔다 와서 감이 좀 죽은 것 같은데…… 내년 엔 단장님이랑 나 둘 다 없다? 안 심심하겠어?"

"중대장들 있지 않습니까?"

"뭐 6개월?"

로또부터
장군까지

"아……."

막상 저 말을 들어 보니 심심하긴 하겠는데?

잠시 고민하던 대한이 이내 고개를 내저으며 답했다.

"뭐, 6개월 정도 조용히 지내는 것도 나쁘지 않다고 생각합니다. 훈련은 제가 하던 대로 해야죠."

"흠, 네가 괜찮다면 상관없다만…… 내가 듣기엔 많이 아깝다."

"항상 최선을 다했고 이번에도 똑같이 최선을 다 할 겁니다. 사령관님이 좋은 자리 제시하든 말든 제가 할 수 있는 건 똑같습니다."

여진수가 고개를 끄덕이며 답했다.

"너야 항상 최선이었지. 그래, 뭐 욕심낸다고 잘되는 것도 아니고…… 훈련 준비는 언제부터 할 거냐?"

"당장 시작해야죠."

"안 피곤하냐? 준비할 거 있으면 나한테 말해 주고 퇴근해 봐."

"괜찮습니다, 별로 안 피곤합니다. 일단 훈련 준비하기 전에 제가 처리해야 될 것들부터 좀 다 처리해 놔야겠습니다."

대한은 곧장 컴퓨터를 두드리며 인사장교 업무를 다시 찾아왔다.

부대에 늦게 도착한 터라 금방 퇴근 시간이 되었고 여진수가 대한을 귀신 보듯 보며 퇴근을 했다.

자연스럽게 야근을 시작한 대한은 한참 업무를 하다 시간을 확인했다.

'슬슬 가 봐야겠네.'

인사 업무야 대회 기간 틈틈이 해 놓았기에 크게 할 건 없었다.

굳이 야근을 하고 있던 건 훈련에 관한 준비를 했던 것.

'전술훈련 지침 나오기 전에 할 건 다 끝났다.'

김현식이 내일쯤 훈련 지침을 내려 주면 그때부터 본격적으로 시작하면 될 터.

대한이 자리에서 일어나 퇴근 준비를 하던 그때.

누군가 지원과 문을 두드렸다.

대한이 들어오라 말했고 활동복 차림의 병사 하나가 지원과로 들어왔다.

"충성! 일병 권영득 지원과에 용무 있어 왔습니다."

"충성. 무슨 일이야?"

대한의 물음에 권영득이 쭈뼛거리며 말했다.

"그…… 아까 위병소에서 죄송했습니다."

"위병소?"

대한은 권영득의 얼굴을 자세히 들여다보았고 그가 뭘 죄송하다고 하는지 알 수 있었다.

"아. 너구나? 죄송하긴……."

대한이 웃으며 자리에 뽑아 놓은 휴가증을 챙겼다.

그리고 권영득에게 건네주며 말했다.

"진짜 칭찬하려고 물어본 거야. 거기에 네 이름 적어서 써."

"아······."

권영득은 대한이 관등성명을 물어본 것이 계속 신경 쓰였던 것 같았다.

대한은 휴가증을 빤히 보고 있는 그의 어깨를 두드려 주며 말했다.

"다음 주 훈련 때문에 급하게 투입한 것치곤 완벽했어. 훈련 때도 그렇게 경계하면 된다."

"예, 알겠습니다!"

"열심히 해. 단장님도 그렇고 나도 그렇고 너희들 잘 챙기려고 하니까."

"······가, 감사합니다!"

짐을 챙긴 대한이 지원과에 불을 끄며 말했다.

"개인 정비 시간인데 얼른 올라가서 쉬어. 나도 퇴근하려니까."

권영득은 지원과를 나와 퇴근하는 대한을 향해 경례했다.

"충성! 고생하셨습니다!"

대한이 손을 흔들며 답했다.

"어, 고생했다. 쉬어라."

대한의 뒷모습을 보는 권영득의 눈이 반짝거렸다.

다음 날 아침.

대한은 김현식이 내려 준 훈련 계획을 들고 단장실을 찾았다.

"충성! 좋은 아침입니다. 단장님."

박희재는 피곤한 표정으로 대한을 바라보며 말했다.

"……어. 왔냐?"

"어디 안 좋으십니까?"

"하, 아니 몸은 괜찮은데…… 대한아 큰일 났다."

"왜 그러십니까?"

뭔가 심상치 않다.

그래서 불길했다.

대한의 물음에 박희재가 세상 무거운 표정으로 말했다.

"하…… 어제 네가 알아봐 달라던 124연대장 있잖냐."

"예, 그렇습니다. 누군지 아셨습니까?"

"알았지."

박희재가 창밖을 바라보며 연거푸 한숨을 내쉬고는 말을 이었다.

"알아보니 학군단 후배더라고."

"……예?"

학군단 후배라고?

그럼 1년 동안은 같이 붙어 있었단 소린데?

'근데 이름을 보고도 몰라?'

뭔가 사연이 있는 것이 분명했다.

대한이 놀라자 박희재가 멍하니 창밖을 보며 말했다.

"개명을 했더라고. 그래서 이름을 보고도 몰랐어."

"두 분 사이에 무슨 일 있으셨습니까?"

박희재가 크게 한숨을 내쉬며 말했다.

"후…… 대한이 네가 후보생 때도 그런 문화가 있었는진 모르겠지만 내가 후보생으로 학군단 생활할 때만 해도 선배들이 후배들 그만두게 하려고 엄청 노력했었다. 아니, 그런 문화가 있었었지."

"아…… 들은 적 있습니다. 근데 저희 때는 그런 문화가 없었습니다만……."

그 순간 불길한 예감이 머릿속을 스쳤고 대한이 설마 하는 표정으로 물었다.

"단장님, 설마……?"

"……어, 내가 담당해서 갈구던 놈이 지금 124연대장이다."

와, 어쩐지…….

인접 보병연대에서 굳이 공병단과 전술훈련을 할 이유가 뭐가 있겠나. 그리고 이를 갈고 있을 이유는 더더욱 없었다.

하지만 박희재에게 안 좋은 기억이 있다면 이 모든 행동들이 이해가 됐다.

대한이 조심스레 박희재에게 물었다.

"그…… 많이 심하셨습니까?"

"……그땐 폭력이 당연했던 시대였다는 것만 기억해 줘라."

"아…….."

미치겠네…….

대한이 손에 쥔 훈련 계획을 들여다보며 생각했다.

'이번 훈련 난이도 미쳤는데……?'

김현식이 깔아 준 판은 단순했다.

두 부대가 전술훈련을 할 지역과 시작 시간.

그리고 가용할 수 있는 모든 자산을 활용하라는 것.

공병에게 장비가 많다고 하지만 전투에 쓸 만한 건 없었다.

죄다 개척 장비 아니면 작업 장비였으니까.

하지만 보병연대에게는 전투에 쓸 만한 장비들뿐이었다.

그나마 다행인 건 보병연대는 가용 병력이 100명이라는 것.

박희재가 고개를 돌려 미간을 찌푸리고 있는 대한에게 말했다.

"상황이 많이 안 좋아진 것 같지만 그나마 희망적인 이야기를 해 주자면 124연대장이 아주 멍청하다는 것이다."

갑자기?

지금 그리 말하니 별로 믿음은 안 가네.

그래도 일단 대답했다.

"아, 예…….."

"크흠…… 일단 훈련 계획 줘 봐."

어제까지만 해도 이 전술훈련이 대한을 테스트하기 위한 자리라 생각했다.

하지만 지금 보니 124연대장이 박희재에게 복수를 하기 위한 리벤지전이었다.

대한이 훈련 계획을 건네며 말했다.

"……아무리 그런 문화가 있었어도 전 단장님께서 정말 아무 이유 없이 이민수 대령을 그만두게 했을 거라고 생각하진 않습니다."

"핑계처럼 들릴 순 있겠지만 그놈 정말 답답한 놈이었어. 한 달이 넘도록 제식도 제대로 못 하는 놈인데 당연히 그만두라고 하는 게 맞지 않나?"

"제식 한 달이라……."

그건 좀 심한데?

아마 내 후배였어도 진지하게 장교 자리에 대해 고민해 보라고 했을 것이다.

하지만.

"근데 그런 분이 대령까지 진급하신 거면 좀……."

"내 말이! 그러니까 나도 그게 의문이란 말이야. 그냥 군복 벗은 줄 알았더니만 개명하고 계속 군 생활을 하고 있었을 줄 누가 알았겠어."

같이 대령을 달 때까지 군 생활을 했는데 연락 한번 없었던 걸 보면 심하게 원망을 하는 것 같았다.

"그래서, 연락하실 겁니까?"

"어제 해 봤지."

"아, 벌써 하셨습니까?"

"그래, 훈련은 훈련이고 사과는 해야 하니까."

"뭐라십니까?"

"……차단당한 것 같던데?"

박희재의 번호도 모를 텐데 어떻게 차단을 한단 말인가?

"그게 가능합니까?"

"온나라에 내 번호는 있으니까."

"와…… 단장님은 방탄복 입으셔야겠습니다."

"방탄복?"

"예, 가용할 수 있는 모든 자산에 실탄도 있잖습니까."

박희재가 어색하게 웃으며 답했다.

"에이, 설마."

"전 잘 모르겠습니다. 군대 오발사고가 흔하진 않아도 종종 있잖습니까."

그 말에 박희재가 자기도 모르게 마른침을 꼴깍 삼켰다.

※

그로부터 30분 뒤.

로보학태
장군까지

전 간부를 모아 회의를 시작했다.

대한이 각 중대 진지를 정해 주었고 이번 훈련의 핵심을 설명했다.

"이번 훈련은 속도전이 될 것입니다. 124연대와 공병단의 훈련 시작 시간은 동일합니다. 저희가 진지에 투입되고 차단선을 구축하는 동안 124연대는 차단선을 통과하기 위해 빠르게 움직일 거라 판단됩니다."

두 부대 간의 거리는 약 10분.

그 사이에 차단선 투입 및 구축을 완료할 순 있었지만 적들 또한 차량을 통해 차단선을 통과할 수 있는 시간이었다.

본인의 브리핑에 모든 간부들이 동의하는 듯 고개를 끄덕였고 대한이 말을 이었다.

"도로는 제가 알아서 통제할 테니 중대는 차단선 구축에만 신경 써 주시면 됩니다. 훈련 시작에 맞춘 적의 예상 행동을 막는다면 다음으로는……."

그때, 정우진이 손을 들어 대한의 말을 끊었다.

"도로 통제에 필요한 병력은 어디서 차출할 거지? 중대 인원 필요하면 지금 말해 줘라. 중대장들끼리 구역 확인해 보고 차출할 테니까."

대한은 정우진의 질문에 미소를 지었다.

'육사는 다르다니까.'

빈틈을 찾는 속도 하며 대처 방안도 같이 제안을 하다니.

대한이 그에게 답했다.

"도로는 저 혼자 막아 내겠습니다. 각 중대는 중대별로 맡은 구역 경계만 확실히 해 주시면 됩니다."

"혼자 막는다고? 그게 무슨 소리야?"

"혹시 간부들 중에 124연대에 아는 간부 있으신 분 계십니까?"

대한의 질문에 몇몇 간부들이 손을 들었다.

대한은 그들의 얼굴을 보며 말했다.

"진짜 비밀인데…… 이거 말씀하시면 안 됩니다?"

대한의 말에 간부들이 어이없다는 듯 되받아쳤다.

"사람을 뭘로 보고…… 저희 부대 자존심이 걸린 문제 아닙니까? 그걸 왜 이야기합니까?"

"보병 놈들한테 질 마음 없습니다."

"빼 오면 빼 왔지! 우릴 배신자 만들 생각이야?"

그 말에 대한이 씩 웃으며 말했다.

"저도 승리하고 싶어 그런 거니 이해해 주십쇼. 그럼 답변 드리겠습니다. 이번에 도로는 민간인들을 이용할 겁니다."

"민간인?"

민간인이라는 말에 간부들이 웅성거리기 시작했다.

대한이 간부들에게 설명을 시작했다.

"저희 부대가 가용할 수 있는 모든 자산을 사용해도 된다는 지침이 있었습니다. 상대적으로 전력이 약한 마당에 민간인을 이용할 수 있다면 좋지 않겠습니까?"

그러자 정우진이 미간을 찌푸리며 물었다.

"대한아. 아니, 인사장교. 그래도 일반적인 훈련도 아닌 다른 부대와 하는 합동 훈련인데 민간인을 이용하는 건 좀……."

"불편해하시는 것도 이해합니다. 하지만 전 패배할 생각이 없습니다."

"후, 그건 나도 마찬가지긴 한데 이거 전시로 따지면…… 아니다, 단장님? 괜찮으시겠습니까?"

자기가 따지는 것보단 박희재의 허락이 중요하다 판단되어 바로 박희재에게 물었다.

그러자 박희재가 고개를 끄덕였다.

"먼저 보고 받고 허락한 사항이다. 그래도 찝찝하다면 대안을 가지고 와라."

찝찝하긴 했지만 마땅한 다른 대안은 없었다.

정우진은 대한을 한번 쳐다보고는 이내 고개를 끄덕였다.

대한은 여전히 만족스럽지 못한 표정으로 있는 정우진을 불렀다.

"중대장님."

"어."

"제가 잘하겠습니다."

"……알겠다."

다른 사람도 아니고 대한이 하는 말이었다.

같이 군복을 입고 있는 전우의 얼굴에 먹칠을 하는 일은 없을 터.

 대한이 나머지 훈련 계획을 마저 브리핑했다.

 브리핑이 끝나자 전 간부들이 최종 점검을 하기 위해 서둘러 지휘 통제실을 빠져나가기 시작했다.

 박희재가 정우진을 불러 세웠다.

 "정우진이."

 "예, 단장님."

 "너는 잠깐 단장실로 따라와라."

 박희재의 말에 정우진은 중대장들을 먼저 보냈다.

 이내 대한과 박희재를 따라 단장실로 이동했고 박희재가 음료수를 하나 건네며 말했다.

 "민간인 동원한다고 하니 쪽팔리냐?"

 "아닙니다. 괜찮습니다."

 "에이, 솔직하게."

 정우진은 대한을 흘끔 바라보고는 입을 열었다.

 "……예, 솔직히 그렇습니다."

 "하하, 왜 뭐가 쪽팔려? 이거 그래도 나름 대한이가 고심해서 짠 전략인데."

 "사실 다른 사람이 짰다면 그냥저냥 좋은 생각이라 생각했을 텐데 대한이가 짠 계획이라 더 기분이 좋지 않은 것 같습니다."

 "더 좋은 방법이 있을 것 같았냐?"

"예, 이번 계획은 살짝 실망입니다."

"큭큭, 대한아. 실망이라는데?"

대한이 어색하게 웃으며 말했다.

"저, 중대장님. 거기서 그렇게 질문하시면 어떻게 합니까?"

"……어?"

"중대장님 때문에 계획이 틀어질 뻔했습니다."

정우진은 대한의 말을 이해하지 못한 채 고개를 갸웃거렸다.

"잠깐만, 내가 뭘 했는데? 그냥 물어본 것뿐인데?"

"저희가 떨어져 지낸 기간이 길긴 했나 봅니다. 팀워크가 많이 떨어진 것 같습니다."

"후…… 무슨 소리를 하는 건지 모르겠다. 설명 좀 해 줘라."

"설마 제가 진짜로 민간인들을 동원해서 124연대를 막겠습니까?"

"응? 네가 그렇게 하겠다며?"

박희재가 정우진에게 고개를 내저으며 말했다.

"우진아. 내가 그런 계획을 통과시켰을 것 같아? 이거 전시로 따지면 제네바 협약 위반인데 군인이 쪽팔리게 뭐 하는 짓이야? 공병단 전력으로 보병 연대 못 이길 것 같았어?"

"아…… 그건 아닙니다. 이길 수 있을 것 같은데도 굳이 그런 계획을 세웠다길래……."

"그래, 그렇게 생각하고 있으면 돼."

"……?"

정우진은 웃고 있는 두 사람의 얼굴을 번갈아 보더니 잠시 생각에 잠겼다.

그러더니 대한에게 물었다.

"민간인 동원은 애초에 할 생각이 없었구나?"

"하하, 예. 맞습니다."

"하……."

정우진은 그제야 답답함이 해소되었는지 숨을 크게 내쉬었다.

"그래, 대한이 네가 그런 계획을 세웠을 리가 없는데…… 널 안 본 지가 오래돼서 내가 감이 좀 떨어진 것 같다."

"브리핑 끝나고 바로 말씀드리려고 했는데 중대장님이 너무 빠르셨습니다."

"미안하다. 내가 너무 아마추어 같았네."

"아닙니다. 오히려 제가 죄송하죠. 그래도 중대장님 덕분에 더 진짜 같아졌습니다."

"스파이 찾으려는 거냐?"

"혹시 모르지 않습니까."

대한이 굳이 민간인 동원이라는 페이크 카드를 꺼낸 이유.

그건 바로 공병단에 숨어 있을 첩자를 찾아내기 위함이었다.

물론 공병단에 그런 스파이가 없을 거라고 믿는다.

하지만 혹시 모르는 일 아닌가.

인접 부대인 만큼 군인 아파트도 같았다.

같은 아파트에 사는 군인끼리 친한 것이 당연했고 그렇게 친분이 쌓인 사람들끼리 모여 무슨 말을 할지 모른다.

그렇기에 거짓 계획을 섞은 것.

정우진이 고개를 끄덕이며 말했다.

"좋은 판단이네. 대대 인원은 다 알아도 단 인원은 정확히 모르니까."

"예, 그렇습니다."

"근데 네가 말한 계획이 124연대 귀에 들어간다고 치자. 그렇다고 해서 스파이를 찾아낼 수 있어? 알게 되더라도 훈련 중에 알게 될 텐데?"

"그렇게 된다면 어쩔 수 없긴 하겠지만 아마 이 계획이 연대의 귀에 들어간다면 바로 반응이 올 겁니다."

"왜지?"

"중대장님은 상대 부대에서 민간인까지 끌어들였다고 하면 불만 없이 훈련하실 수 있으십니까?"

당연히 아니었다.

조금 전만 해도 민간인을 동원한다는 말에 바로 표정이 굳었으니까.

정우진이 고개를 저으며 말했다.

"아니, 못하지. 쪽팔려서 같이 훈련 안 한다."

"예, 만약 스파이가 있으면 분명 연대에서 즉각적인 반응이 나올 겁니다."

"그렇겠네. 그나저나 민간인을 동원하지 않는다면 도로는 어떻게 막을 예정이야?"

"그건 정말 저 혼자 막을 생각입니다."

"그게 진짜 가능해? 도움 필요하면 미리 말해. 혹시 몰라서 인원들 빼놨으니 언제든 지원 가능하다."

역시.

정우진이 같은 부대에 있다는 것에 든든해지는 순간이었다.

하지만 정우진의 도움은 필요 없었다.

도움이 필요했다면 미리 정우진에게 협조를 구한 뒤 계획을 세웠을 터.

대한이 그에게 답했다.

"지원은 괜찮습니다. 제 계획은 도로에 아무도 못 다니게 할 겁니다."

"통과를 안 시킨다는 거야?"

"예, 안 시킨다기보다…… 못 하게 하는 거죠."

"그게 가능해? 아무리 그래도 통행량이 없는 곳이 아닌데?"

"흠, 이건 이영훈 대위까지 불러서 말했어야 했는데……."

"아니다. 영훈이는 말이 많아. 실수로 흘릴 수도 있다."

듣고 보니 그러네.

뭐 그가 굳이 알아야 할 이유는 없었으니까.

대한이 고개를 끄덕이며 답했다.

"미뤄 뒀던 도로 공사를 진행시킬 예정입니다."

"도로 공사?"

"예, 입구에 아스팔트 다 망가졌지 않습니까?"

"그렇긴 하지. 근데 그게 우리가 한다고 할 수 있는 건 아니 잖아."

대한이 휴대폰을 꺼내 들며 말했다.

"마침 올해 안으로 집행해야 하는 금액이 있는데 언제 써야 할지 고민 중이라고 하길래 당장 다음 주부터 하라고 해 놨습 니다."

"아…… 시장을 알고 있구나."

"그냥 영천 다시 복귀했다고 안부 인사드리려고 연락했는데 딱 타이밍이 좋았습니다."

정우진은 대한의 말을 그대로 믿지 않았다.

징그럽다는 듯 고개를 내저은 정우진이 물었다.

"마을 주민분들이 불편해하시지 않겠냐?"

"이제 협조하러 돌아다녀야죠."

"응? 그게 협조가 되냐?"

"제 생각으로는 충분히 가능합니다. 안 돼도 되게 만들고 오 겠습니다."

"하하, 그래. 네가 한 말인데 걱정이 없네."

정우진은 그제야 답답함이 다 사라졌는지 표정이 한결 가벼 워졌다.

박희재가 흐뭇하게 두 사람을 바라보며 말했다.

"주요직위자 회의는 끝난 거냐?"

"아, 예. 죄송합니다, 단장님. 제가 감이 좀 떨어졌던 것 같습니다."

"아니다. 네가 제일 날카로웠어. 이상하다고 생각하는 사람이 없었다면 내가 더 실망할 뻔했거든. 역시 육사는 육사야. 그나저나 이영훈이 이놈이 문제네 얘는 왜 아무 말도 안 해? 가서 교육 좀 잘 시켜라."

박희재는 대한이 훈련 계획 브리핑을 하는 동안 간부들의 표정을 살폈다.

그때 이영훈의 표정이 거슬렸던 것 같다.

정우진이 비장하게 답했다.

"죄송합니다. 당장 특별교육 들어가겠습니다."

"나머지 간부들은 괜찮은데 이영훈이 그러면 안 되잖아. 그래, 안 그래?"

"예, 맞습니다."

"알아서 잘하고…… 대한이는 지금 바로 나가 볼 거냐?"

대한이 시간을 확인하며 답했다.

"오후쯤 나가 볼 것 같습니다."

"그래, 준비되면 알아서 움직이고 보고는 생략해라. 둘 다 나가 봐."

"예, 알겠습니다!"

정우진은 대한과 함께 단장실에서 나오자마자 대한의 어깨를 두드리며 말했다.

"복귀하자마자 고생이 많네."

"아닙니다. 할 일은 해야죠."

"차단선은 나한테 맡겨라. 개미 한 마리 통과 못 하도록 준비해 놓으마."

대한은 정우진을 향해 엄지를 치켜들고는 지원과로 복귀했다.

그날 오후.

점심 식사가 끝나자마자 대한은 차를 타고 인접 마을로 이동했다.

마을 회관 앞에는 짐을 가득 실은 트럭 한 대가 서 있었고 마을 어르신들이 짐을 내리는 중이었다.

대한이 주차를 하고 그들에게 다가가 말했다.

"안녕하세요!"

어르신들은 안면이 있던 대한을 반겼다.

대한은 짐을 회관 안으로 넣어주며 말했다.

"다음 주 월요일부터 부대 앞 도로 공사해서 교통 통제되거든요. 그동안 이것들 잡수시면서 재밌는 시간 보내세요."

대한이 내리고 있는 짐은 다름이 아니라 마을 잔치를 하기 위한 음식들이었다.

마을 어른들은 대한이 열어 주는 잔치를 반겼다.

농사도 거의 끝나가는 상황에 마침 잔치를 할 타이밍이었으니까.

대한은 부대 인접 마을을 모두 돌아다니며 잔치용 음식들을 돌렸다.

이제 부대 앞을 지나가려는 차량은 모두 외부인일 터.

'이제 여진수를 세워서 진입하는 차량들은 다 우회시키면 된다.'

차량을 이용한 침입은 완벽한 방어가 가능했다.

대한은 홀가분한 마음으로 부대로 복귀했다.

여러 마을을 돌아다녔기에 어느덧 퇴근 시간이 다 되었고 자리에 앉아 업무를 정리하기 시작했다.

그때 여진수가 대한에게 오며 말했다.

"어, 왔구나. 대한아, 작전사에서 연락 왔다."

"작전사? 뭐랍니까?"

"민간인 동원할 생각하지 말래."

이렇게 빨리 반응이 온다고?

대한이 어이가 없어서 웃으며 말했다.

"하루도 채 지나지 않았는데…… 그게 벌써 작전사까지 올라간 겁니까?"

"그러니까. 단장님이 크게 실망하셨다."

어휴.

중대장이 실망해도 피곤한데 단장이 실망을 하다니.

대한이 자리에서 일어나 단장실로 향했다.

"충성!"

단장실에는 정우진이 먼저 도착해 심각한 표정을 하고 있었다.

박희재가 미간을 찌푸린 채 말했다.

"······앉아라."

대한이 씨익 웃으며 자리에 앉자 박희재가 한숨을 내쉬며 물었다.

"이제 어떻게 할 거야? 스파이가 있긴 있는 모양인데 이걸 어떻게 찾지? 괜히 찾다가 훈련 전에 사기만 떨어질 것 같은데."

"찾을 필요 없습니다."

"안 찾을 거라고?"

"예, 오히려 좋은 전력이 된 겁니다."

박희재가 고개를 갸웃하며 물었다.

"그게 무슨 소리야. 이렇게 위험한 상황이 좋은 전력이라니?"

"좋은 전력이지 않습니까? 저희가 하는 말을 상대에게 다 전달해 주는데 이만한 전력이 또 어디 있겠습니까?"

"······뭐?"

대한이 미소를 짓자 정우진이 물었다.

"······너 처음부터 스파이를 찾을 생각이 없었구나?"

"하하, 점점 팀워크가 돌아오는 것 같습니다."

"이야······ 팀워크도 팀워크인데 점점 네가 무서워지려고 그런다."

정우진이 징그럽다는 듯 고개를 내젓자 박희재가 정우진에게 물었다.

"무슨 소리야? 원래부터 찾을 생각이 없었다니?"

그 물음에 정우진이 박희재에게 설명을 시작했다.

"대한이는 애초에 스파이 자체를 찾으려고 한 게 아니라 스파이 유무 정도만 파악하려고 했던 것입니다."

그 말에 박희재도 감탄사를 터뜨렸다.

"그렇군. 이중첩자로 활용할 생각이었구나."

박희재는 박희재다.

반 박자 느리긴 했지만 그래도 빨리 알아챘다.

대한이 씨익 웃으며 말을 이었다.

"예, 맞습니다. 적에게 알려 주고 싶은 내용을 알려 주고 적이 그걸 믿는다면 그것만큼 쉬운 전투도 없지 않겠습니까."

"하하, 괜찮네. 괜히 프락치 걸러 내다 간부들끼리 사이 안 좋아지면 어쩌나 걱정했는데 차라리 잘됐어."

대한도 걱정했던 부분이다.

아무리 승리를 위해서라지만 한번 생긴 앙금은 잘 메워지지 않는 법이니까.

'무엇보다도 작정하고 입 닫고 있는 스파이를 어떻게 찾아 내?'

찾아도 문제다.

찾았다고 해서 훈련에서 제외시킬 건 아니니까.

오히려 제외시키면 역적 이미지만 박혀서 조리돌림과 누적될 응징만 당하겠지.

박희재가 흐뭇하게 웃으며 물었다.

"그나저나 스파이를 어떻게 써먹을 생각이냐? 124연대를 혼란에 빠뜨릴 만한 작전이 있나?"

"일단 저희 작전 때문에 124연대가 세운 작전이 크게 달라질 것 같진 않습니다. 아니, 오히려 플랜B 같은 다른 대책을 꺼낼 것 같습니다."

"하긴 이를 갈고 있을 건데……."

게다가 공병단은 특공여단을 이긴 전력이 있다.

전군에서 최고라고 장담할 순 없지만 최고 수준의 차단선을 구축하는 건 공공연한 사실.

어설픈 방법으로는 절대 뚫을 수 없단 걸 모르지는 않을 터.

그럼에도 공병단과의 훈련을 원했다는 건 그만큼 자신이 있단 소리 아니겠나.

'뭘 이야기하더라도 준비했던 작전 중 하나를 실시하겠지.'

대한은 124연대장의 계급이 대령이라는 점에 포커스를 맞췄다.

박희재에게 욕을 먹던 후배라 하더라도 대령까지 올라간 걸 보면 아주 멍청한 사람은 아니라는 것.

오히려 박희재 이후로 각성해서 괴물이 되어 있을 확률이 높

앉다.

심지어 직렬도 작전통이라고 했다.

'뭐가 됐든 공병보단 많은 경험이 있을 것이다.'

대한민국 군대는 보병을 중심으로 돌아간다.

대한이 아무리 이것저것 많이 주워들었다 하더라도 공병에 있었기에 정보에는 한계가 있었다.

그렇기에 124연대의 작전을 틀어 보려는 시도를 하기보단 할 수 있는 것에 최선을 다 할 생각이었다.

대한이 말했다.

"간부들에게는 저희한테 가장 불리한 점을 최대한 대비하게끔 강조할 생각입니다."

"그러다가 124연대장이 그 부분을 집중적으로 파고든다면?"

"그래도 상관없습니다."

"상관없다고?"

"예, 정우진 대위가 알아서 다 막을 겁니다."

정우진은 대한의 입에서 본인의 이름이 나오자 놀라는 것도 잠시 이내 고개를 끄덕였다.

"훈련 시작하자마자 생기는 빈틈을 말하는 거지?"

"예, 그렇습니다."

"단장님, 그건 걱정 안 하셔도 됩니다. 차단선 투입 속도는 물론 저희 중대장들이 대비해 놓은 방법이 있습니다."

"중대장들이 대비한 방법은 뭐지? 난 보고받은 것이 없는데?"

"오늘 회의 간 보고드리려고 했는데 지금 드리겠습니다. 일단 훈련 시작과 동시에 중대장들이 차단선 투입 지역보다 더 전방으로 나가 경계를 실시할 예정입니다."

"중대장들만으로 그 넓은 지역을 다 커버할 수 있겠어?"

"빈틈이 있긴 하지만 그 빈틈은 차단선 진지 투입 인원들이 제일 빠르게 투입하는 곳들입니다. 그리고 침투 예상 경로를 파악해서 경계를 하러 가는 것이기에 문제는 없을 것 같습니다."

"좋아, 중대장들이라면 경계를 믿고 맡길 수 있지. 그렇게 진행해라."

대한이 정우진을 향해 고개를 끄덕인 뒤 말을 받았다.

"124연대에 제가 강조하는 내용이 들어간다면 확신을 가졌던 작전들이 전부 불안할 겁니다. 저는 124연대장이 본인의 작전에 확신을 가지지 못하도록 할 겁니다."

"자신감을 뺏으려는 것이구나."

"예, 그렇습니다."

박희재가 흐뭇하게 웃으며 박수를 치기 시작했다.

"하하, 그래. 확신 없는 작전만큼 불안한 것도 없지. 훈련 기간 내내 스트레스 받겠구만?"

"자신 없는 지휘를 한다면 회의도 매일 해야 하고 실수도 나올 확률이 높습니다. 게다가 어떻게든 단장님을 조지려고 벼르고 있을 텐데 심적 압박은 더 큰 상태가 아니겠습니까."

"크크, 우리 후배님이 얼마나 군인다워졌는지 볼 수 있겠구만."

"그래도 대령까지 진급하신 분이니 방심하시면 안 됩니다."

"대한아, 선배가 후배한테 쫄면 되겠냐? 암만 날고 기어 봤자 후배지. 나한테는 너도 있고 우진이도 있는데 뭐가 걱정이겠냐. 안 그래?"

"그렇습니다."

두 사람이 고개를 끄덕이며 박희재의 장단을 맞춰 준다.

이내 단장실을 나온 대한은 곧바로 회의를 준비했다.

그리고 회의 간 훈련 강조사항을 전달했고 대한이 날린 첩보가 124연대에 잘 전달되길 빌었다.

'어디 한번 머리 좀 아파 보십쇼.'

회의가 끝나고 난 뒤 대한은 중대장들과 함께 차단선 점검을 나갔다.

차단선을 둘러보던 대한이 정우진에게 말했다.

"중대장님. 이번 훈련 제가 최대한 빨리 끝내 볼 생각이긴한데 혹시 모르니 포로 확보에 신경 써 주십쇼."

그러자 정우진이 대한의 어깨를 툭 치며 말했다.

"그런 건 이야기 안 해도 알아서 하지. 그런데 훈련을 빨리끝내다니? 이거 우리가 빨리 끝낼 수 있는 거야?"

"침투 작전을 내릴 수 없다면 끝나는 거 아니겠습니까?"

"아, 싹 다 막자고?"

정우진이 씨익 웃으며 말을 이었다.

"우리야 훈련 빨리 끝나면 좋지. 영훈이가 난리다 아주. 저 봐라. 지뢰 설치하자고 다른 중대장들 설득 중이다."

지뢰?

대한은 고개를 돌려 숲 어딘가를 가리키며 열변을 토하고 있는 이영훈을 바라보았다.

정우진이 흥미로워하는 대한의 표정을 보며 불안하다는 듯 말했다.

"……표정 왜 그래? 너 설마 지뢰 설치하려고?"

"안 될 건 없잖습니까?"

"……124연대가 북한군은 아니잖냐."

"하하, 훈련은 실전처럼. 물론 실제 지뢰를 설치할 생각은 없습니다."

"……?"

이건 또 무슨 소리냐는 표정.

그 말에 대한은 그저 웃었다.

아무리 그래도 실제 지뢰를 설치할까 봐.

그때 이영훈의 목소리가 들렸다.

"여기랑 저기! 딱 설치해 두면 기어서 올라오는 놈들도 지뢰에 걸려서 잡아 낼 수 있다고! 안 그래? 맞잖아. 어? 맞잖아?!"

다른 중대장들은 이영훈의 제안이 썩 괜찮아 보이지 않는지 대답이 시원찮았다.

그래서 대한이 다가가 말했다.

"좋은 생각인 것 같습니다, 중대장님."

"어? 언제 왔어? 뭐? 괜찮다고?"

"예, 좋은 생각인 것 같습니다, 중대장님."

"야, 역시 대한이 너는 괜찮다고 할 줄 알았다. 아니, 선배님한테 말했는데 선배님은 듣는 척도 안 하시더라고."

그러자 정우진이 말했다.

"전쟁에 미친놈처럼 달려들면서 이야기하니까 그렇지."

"아니, 제가 자기 전에 곰곰이 생각을 해 봤는데 이 방법이 딱 떠올랐습니다. 마치 누군가 이렇게 하면 무조건 이길 수 있다고 알려 준 것 같았단 말입니다. 대한아, 안 그러냐? 우리 시야가 좀 제한되는 곳에 지뢰 몇 개 설치해 두면 기가 막히잖아. 철통방어 그 자체라고."

대한이 고개를 끄덕이며 말했다.

"예, 맞습니다. 괜히 크레모아라는 무기가 있는 게 아니잖습니까. 그럴 때 쓰라고 있는 무긴데."

"역시 너랑은 말이 통할 줄 알았다니까."

"그런 의미에서 지뢰는 어떤 것으로 설치할 생각이십니까?"

"……응?"

"연습용 지뢰 가져다 놓고 적이 밟았을 때 밟았다 하면서 진지에서 일어나실 건 아니지 않습니까?"

대한의 물음에 이영훈의 미간이 좁아진다.

아무래도 거기까진 생각을 하지는 못 한 모양.

안 봐도 뻔했다.

일단 아이디어만 가지고 온 것.

'구현이 안 되는 계획은 그냥 덮는 것이 맞지.'

폭발력이 약한 뇌관을 설치하자니 그것도 문제였다.

뇌관만으로도 사람이 다치기엔 충분했으니까.

아무리 훈련을 실전처럼 하라지만 만약 훈련 중 부상이 공병단이 설치한 지뢰 때문이라는 게 밝혀지면 이영훈은 물론 박희재까지 싹 다 군복을 벗어야 할 터.

대한이 당황스러워하는 이영훈을 향해 말했다.

"지뢰는 제가 마련하겠습니다."

"역시⋯⋯! 근데 뭐 좋은 방법이라도 있냐?"

"M14 대인지뢰 같이 생긴 지뢰를 제작해서 그 안에 콩알탄 같은 걸 넣어서 설치하면 충분하지 않겠습니까?"

M14 대인지뢰의 목적은 적을 죽이는 게 아니라 부상자를 만드는 것.

그럼 부상자를 부축해야 하니 자연스럽게 적의 전투 인원 감소 효과를 가지고 올 수 있기 때문이다.

그런 의미에서 이번에 M14가 쓰인다면 실제 부상은 없겠지만 밟는 동시에 포로를 만들 수는 있을 터.

여러모로 좋은 계획이었다.

정우진이 고개를 끄덕이며 말했다.

"콩알탄 같은 걸 넣어두면 확실히 밟았는지도 알 수 있고 밟은 사람이 다치지도 않겠구만."

"예, 그렇습니다."

"복귀해서 바로 제작할 거냐?"

"예, 나가서 제작 맡기고 와야죠."

"음? 부대에서 만드는 거 아니야?"

"저희가 만든다고 제대로 된 걸 만들 수 있겠습니까. 전문가한테 맡겨야죠."

"그건 그런데…… 며칠 안 남았는데 가능하겠냐? 그래도 최소 100개는 만들어야 할 텐데."

시간은 돈으로 살 수 없다.

하지만 아직 지나가지 않은 시간이라면 충분히 돈으로 살 수 있다.

그게 대한이 이번 생에 느낀 진리 중의 하나였다.

'100개는 무슨 1,000개도 가능할 걸.'

대한이 씨익 웃으며 답했다.

"맡겨만 주십쇼."

"그래, 네가 한다고 했는데 어련히 알아서 잘해 오겠지."

지뢰를 설치한다고 확정이 나자 이영훈이 날뛰기 시작했다.

"와, 선배님. 너무하신 거 아닙니까? 제가 그렇게 괜찮은 것 같다고 말씀드렸을 땐 대답도 안 해 주시더니 대한이가 말하니까 바로 오케입니까?"

"넌 껍데기만 있고 대한이는 알맹이가 있잖아."

"하, 아이디어가 얼마나 중요한데……."

"하하, 중대장님이 토스를 잘해 주셔서 제가 잘 받아먹은 겁니다. 그럼 단장님께는 제가 따로 말씀드리겠습니다."

"후, 그래. 대한이 너라도 그렇게 생각해 주니 다행이다."

대한은 중대장들과 함께 다시 부대로 복귀했다.

그리고 훈련용 지뢰 제작을 하기 위해 영천 시내로 향했다.

적당한 업체를 찾은 대한은 제작 문의를 맡긴 뒤 본격적으로 훈련 준비를 하기 시작했다.

대한의 훈련 준비는 부대에서 진행되지 않았다.

박희재에게 보고를 하고 차를 몰고 부대 밖을 하루 종일 돌아다녔다.

그렇게 며칠이 지나고 훈련 당일.

위병소로 평가관의 차량이 들어왔다.

대한은 직접 위병소에 서서 평가관을 맞이했다.

"충성!"

"어, 반갑다. 김 중위."

중령 박병은.

그는 대한을 위아래로 찬찬히 살펴보며 말을 이었다.

"혹시 사령관님이랑 친척관계야?"

"아닙니다."

"그렇지? 그래, 안 닮았어. 근데 왜 네 이야기를 하셨을까?"

"아, 직접 절 언급하셨습니까?"

"어, 유심히 살펴보라 하셨다더라고. 그래서 혹시 친척인가 싶었지. 잘 봐주라는 뜻이겠지?"

대한이 사령관을 뒷배로 두고 있다고 생각하는 듯 박병은은 대한의 눈치를 보고 있었다.

'사람을 뭘로 보고.'

뒷배 믿고 설칠 거라면 이렇게 열심히 군 생활 했겠나.

대한이 웃으며 말했다.

"아마 잘 봐주라는 것이 아니라 잘 보라는 뜻이었을 것 같습니다."

병은이 대한의 말에 고개를 갸웃했다.

"잘 봐? 뭘?"

"저희 공병단의 훈련을 잘 보라는 뜻이었을 거라 판단됩니다."

"하하, 잘 봐야 할 만큼 잘한다는 거냐?"

"잘한다는 건 아니고…… 잘 보시면 잘 전달하실 수 있잖습니까."

박병은은 그제야 미소를 지었다.

"직할부대인 공병단이 궁금하실 수도 있지."

"예, 저희가 특공여단도 이겼잖습니까."

"그래, 어떻게 이겼는지 궁금하긴 했는데 잘 됐다. 잘 보고 잘 전달해 드려야겠구나."

"예, 그 어느 때보다도 꼼꼼하게 보시면 될 것 같습니다."

두 사람의 미소가 허공에서 얽힌다.

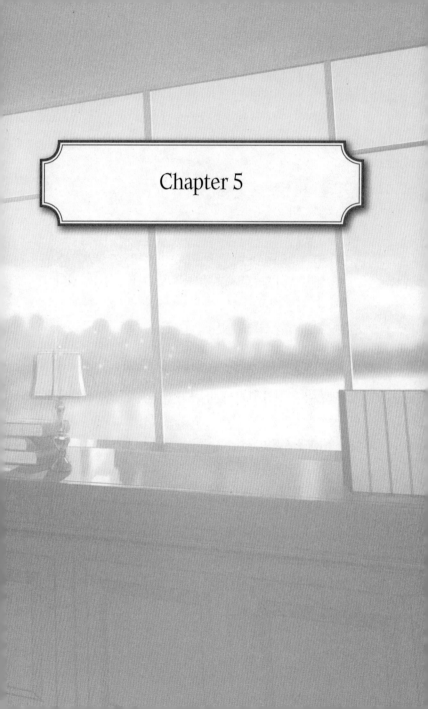

Chapter 5

대한은 박병은을 박희재에게 데려다준 뒤 지휘 통제실로 향했다.

전 간부들이 지휘 통제실에 모여 훈련 계획을 확인하는 중이었고 대한이 인기척을 내자 전 간부들이 대한을 바라봤다.

"지금 평가관님 들어오셨고 단장님과 인사 나누신 뒤 이쪽으로 오셔서 훈련 전 주의 사항 전파하신다고 하십니다. 아, 혹시 사전 행동하신 분 있으십니까?"

중대장들이 일제히 고개를 내저었다.

이영훈이 어이없다는 듯 말했다.

"오랜만에 부대 와서 감을 잃었나…… 우리가 아마추어도 아니고 프로끼리 왜 그래?"

이영훈의 말에 전 간부들이 웃음을 터트렸다.

대한도 마찬가지 웃으며 말했다.

"하하, 죄송합니다. 감이 좀 떨어졌나 봅니다. 프로들 모아 놓고 제가 실수를 했습니다."

"평가관님이 생활관 찍고 올까 봐 애들 다 활동복 차림으로 쉬는 중이다."

"이야…… 그건 너무 준비를 안 하시는 거 아닙니까?"

"프로야 프로. 반전 있는 모습을 보여 줘야 재밌지."

이 정도면 특수부대 그 자체 아닌가.

대한과 간부들이 웃고 떠드는 사이 박희재가 박병은을 데리고 지휘 통제실로 들어왔다.

"뭐가 그렇게 즐거워? 나도 같이 웃자."

정우진이 미소를 띤 채 답했다.

"인사장교가 자리를 많이 비웠는지 저희가 누구인지 잊은 것 같았습니다."

"아, 그래? 이놈 자식……."

박희재가 대한을 잠시 노려보더니 이내 피식 웃으며 자리에 앉았다.

"훈련하는 것에 스트레스가 없는 것 같아 보기 좋구나. 일단 평가관이랑 같이 생활관을 둘러보고 왔다."

역시.

평가관들 레파토리야 늘 같지.

박병은은 이번 훈련의 가장 중요한 시점이 훈련 시작 시점이라는 것을 아는 것 같았다.

그도 그럴 것이 생활관을 확인한 그의 표정에 당황스러움이 가득했으니까.

박희재도 그걸 확인했는지 미소를 지으며 말을 이었다.

"평가관이 이렇게 사전 준비를 안 하는 부대는 처음이라며 놀라더구나. 우린 매번 이렇게 했는데 말이야."

간부들이 웃으며 박병은을 바라봤다.

그러자 박병은이 어색하게 웃으며 칭찬을 시작했다.

"준비하지 않는 걸 보여 주기 위해 활동복을 입혀 놓을 것까진 없었는데…… 무튼 이건 훈련 태도가 우수하다고 보고드리겠습니다."

그의 말에 간부들이 박수를 쳤고 박병은이 고개를 끄덕이고는 훈련 주의 사항을 전달했다.

"일단 훈련 시작은 휴대폰 시간으로 10시가 되는 순간 시작하시면 됩니다. 아시다시피 제한 사항이 거의 없습니다. 가용할 수 있는 모든 자산은 물론 범죄행위를 제외하고 뭐든 허용합니다. 대신 부상자가 안 나오도록 조심해 주십쇼. 그리고……."

박병은이 혹시나 하는 표정으로 말했다.

"이전에도 말씀 들으셨겠지만 민간인은 절대 개입시켜선 안 됩니다."

역시.

당부에 당부를 하는군.

대한이 웃으며 말했다.

"절대 그럴 일 없으니 안심하셔도 됩니다."

"이외엔 없습니다."

주의 사항은 아주 간단했다.

짧은 주의 사항 전달이 끝나고 박희재가 말을 이었다.

"들었다시피 주의할 건 부상이다. 딱히 주의해야할 곳은 없긴 하다만 무리하지 않도록 해라. 딱 훈련했던 만큼만 해. 알겠어?"

"예, 알겠습니다!"

"올라가서 조금 쉬다가 10시 되면 알아서 전개해라. 이상."

간부들이 지휘 통제실을 빠져나가고 대한과 박희재, 박병은만이 지휘 통제실에 남았다.

박병은이 박희재에게 물었다.

"단장님, 뭐 하나 여쭤봐도 되겠습니까?"

"뭐든."

"병력들 생활관에 그런 식으로 대기하라고 한 건 직접 지시하신 겁니까?"

"아니, 난 지시 같은 거 잘 안 해."

"예? 그럼 누가 그런 걸 실시하라고……."

박희재가 대한을 빤히 바라봤다.

그러자 박병은의 고개가 대한을 향했고 대한이 어색하게 웃으며 답했다.

"제가 직접 하라고 한 건 아닙니다. 그냥 부대의 분위기가 쉴 땐 확실히 쉬고 할 땐 확실히 하자라는 분위기라 자연스럽게 그렇게 된 것 같습니다."

박희재가 피식 웃으며 말했다.

"맞아, 저놈이 그렇게 하라고 지시한 건 아닌데 이런 부대 분위기를 만든 게 저놈이야."

박병은이 놀라며 물었다.

"중대장도 아니고 중위가 분위기를 만든단 말입니까?"

"신기하지? 근데 자꾸 보다 보면 아무렇지도 않아. 자네도 금방 아무렇지 않게 될 걸?"

"허…… 그렇습니까."

"길게도 필요 없어. 1시간 뒤쯤이면 볼 수 있을 거야."

"그나저나 단장님이 직접 훈련 통제하시는 건 아닙니까?"

"나보고 차단선 뛰어다니라는 거야?"

"아니, 그건 아니지만…… 조금 전에 시간 되면 알아서 훈련 전개하라고 하시지 않으셨습니까?"

"어, 그렇지."

"따로 중대에 전파하고 이런 건 없습니까?"

"필요하면 무전하면 되는 거지 뭐."

박희재가 무전기를 꺼내 보이며 말을 이었다.

"애들도 아니고 따라다니면서 이래라저래라 할 건 아니잖

아. 실제 전시에서 하는 행동만 해야지."

박병은이 공병단의 스타일에 적응하지 못한 채 놀라는 것도 잠시 박희재에게 물었다.

"그럼 단장님께서는 훈련 때 역할이 무엇입니까?"

"나? 부대 지켜야지."

"……예?"

"다 나가면 부대는 누가 지켜? 나라도 지켜야지."

"그럼 그냥 여기 가만히 계십니까?"

"가만히 있는 거라니? 지킨다니까."

"아, 예…….""

대한이 속으로 웃음을 참아 내며 말했다.

"이 큰 부대를 지키는 게 얼마나 힘든 일인데 왜 그러십니까? 단장님쯤 되시는 분이니 혼자 부대를 지키실 수 있는 겁니다."

"그래, 말 잘했다. 박 중령, 나 자네 그렇게 안 봤는데 은근히 날 무시하는 경향이 있는 것 같다?"

박병은이 다급히 손을 내저으며 말했다.

"아유, 아닙니다. 단장님. 무시라뇨…… 그저 이런 부대는 처음이라 그렇습니다."

"흠, 그래? 그럼 됐고."

박희재가 씨익 웃으며 자리에서 일어났다.

"대한아, 훈련 전에 음료수나 한잔 하자."

"예, 알겠습니다."

박병은은 지휘 통제실을 나가는 두 사람을 멍하니 바라볼 수밖에 없었다.

✳

훈련 10분 전.

부대는 훈련 전이라 볼 수 없을 만큼 시끄러웠다.

훈련 준비를 하느라 시끄러운 것이 아니었다.

병사는 물론이고 간부들도 웃고 떠들기 바빴다.

흡연장에는 군인들이 활동복을 입은 채 낄낄거리고 있었고 생활관에는 여전히 누워 있는 병력들이 많았다.

점검표를 들고 부대를 돌아다니던 박병은에겐 내내 놀라움의 연속이었다.

그때 우연히 칫솔을 물고 있는 대한을 발견했다.

그가 어이없다는 듯 물었다.

"······양치하나?"

"아, 예. 조금 전에 탄산을 마셔 가지고."

"10분 전인데?"

"3분이면 충분하잖습니까. 7분 정도 시간 남습니다."

박병은이 한숨을 내쉬며 물었다.

"아니, 도대체 부대가 왜 이래? 져도 된다, 그 생각인 거야?"

"그게 무슨 말씀이십니까? 저흰 질 생각으로 훈련 준비를 한 게 아닙니다."

"그렇겠지. 근데 아직 활동복 입고 있는 애들이 있는데 어떻게 하려고 그래? 제대로 시작이나 하겠어?"

"상황은 갑작스럽게 부여되는 거 아니겠습니까. 이것도 실전처럼의 일부라고 생각합니다. 저 잠시만 양치만 마무리하고 오겠습니다."

그런 대한의 모습에 박병은은 멍해졌다.

그러다 도리어 분노가 쌓이기 시작했다.

'얼마나 잘하나 보자.'

만약 못 하면 가차 없이 평가를 내릴 생각이었다.

이윽고 대한이 박병은을 데리고 지원과로 향했다.

"평가관님, 시작 시간에 맞춰서 막사 앞에 기다려 주십쇼. 그럼 걱정하시는 부분이 바로 해결되실 것 같습니다."

"5분 뒤라고 뭐가 달라져?"

"일단 보시면 이해하실 겁니다."

박병은이 미간을 어루만지며 말했다.

"하…… 사령부에서 아무것도 하지 말고 가만히 지켜보라고 해서 가만히 있는 거지 아니었으면 중대장들 다 불렀을 거야."

흠.

그래 그럴 수 있지.

하지만 박희재도 있는데 네가 뭔데 중대장을 부를 건데?

좀 선 넘네?

그렇게 생각하길 잠시, 같이 듣고 있던 여진수가 자리에서 일어나 말했다.

"평가관님? 중대장들을 불러서 뭘 하시려고 하십니까?"

"응? 아, 지원과장이구나. 뭘 하긴. 훈련 준비 이렇게 하는 거 아니라고 알려 줘야지."

그 말에 여진수가 피식 웃으며 물었다.

"그럼 훈련 준비는 어떻게 하는 겁니까?"

"어? 뭐…… 일단 병력들에게 설명도 하고 정신교육도 하면서 훈련했던 대로 할 수 있도록 해야지? 자네는 잘 알잖아."

"하하, 저도 그런 줄 알았습니다. 하지만 이 부대에 오고 그게 정답이 아니란 걸 알았습니다."

"정답이 아니라고?"

"예, 훈련이 아주 잘되어 있으면 굳이 그런 말들을 할 필요가 없습니다. 그냥 훈련 시작만 하면 끝입니다."

"하하, 자네 어느 부대 돌아다녔어? 내가 전방에 있을 때 말이야 이것보다 더 힘든 훈련을 매일같이 해도 매번 마음처럼 안 됐어."

"그건 평가관님 능력 부족이신 거 아닙니까?"

어, 잠깐만?

이번에는 여진수가 선을 넘는데?

대한이 당황스러운 표정으로 여진수를 바라봤다.

하지만 이건 여진수의 복수였다.

좀 전에 박병은이 한 말에 대한.

여진수가 말을 이었다.

"단장님 밑에 있는 공병단 전 병력들은 그런 교육 같은 거 할 필요 없을 정도로 훈련이 잘 되어 있습니다. 그리고 중대장들은 그들 중에서도 최고 수준입니다. 그러니 그런 생각은 안 하셨으면 좋겠습니다. 단장님의 가르침 말고는 그들에게 도움될 건 아무것도 없습니다."

여진수의 말에 박병은이 침을 꼴깍 삼키며 아무런 대답도 하지 못했다.

여진수가 왜 이렇게까지 말을 하는지 알았으니까.

눈치를 살피던 대한이 어색하게 웃으며 그를 일으켰다.

"슬슬 훈련 시작할 텐데 막사 앞에 대기해 주십쇼. 저희 부대를 보여 드리겠습니다."

"아, 어…… 그, 그래."

박병은을 내보낸 대한이 여진수에게 말했다.

"과장님, 이번 훈련 끝나면 전역하십니까?"

"아니. 근데 저 양반 말하는 거 들었잖아. 그걸 듣고 어떻게 참아? 너야 계급 차가 있어서 아무런 말도 못 한다 하지만 나랑 저 양반 계급 차이라고 해 봤자 겨우 하나 차이야. 그러니 난 이런 소리 해도 되는 거 아니야?"

"속 시원하긴 했는데…… 그러다 같은 부대서 만나시면 그땐 어떻게 하려고 하십니까?"

"하하, 넌 언제 그런 거 생각하고 일 벌렸냐?"

"그, 그건……."

"상남자는 그런 생각하는 거 아니다."

그래.

그것도 맞지.

근데 장구류를 착용하려는 여진수의 손이 떨려 보이는 건 왜일까?

대한이 웃으며 말했다.

"역시 지원과장님이십니다. 존경스럽습니다."

"그렇다고 나한테 그러면 안 된다?"

"하하, 네. 명심하겠습니다."

"그럼 됐다. 슬슬 준비하자."

대한이 장구류를 다 찬 그때 휴대폰에서 10시를 알리는 알람이 울렸다.

그와 동시에 단 막사 전체에 지진이라도 난 것처럼 쿵쿵 울리기 시작했다.

그리고 이내 1분도 지나지 않아 병력들이 완전군장을 한 채로 막사를 벗어나 차단선을 향해 달리기 시작했다.

교본대로라면 매우 상식적인 광경이지만 이론과 현실은 늘 다른 법.

그렇기에 박병은의 눈에는 이 모든 것들이 기이하기 그지없었다.

박병은이 입을 반쯤 벌리며 중얼거렸다.

"이, 이게 뭐야……?"

순식간에 단의 전 병력이 막사를 빠져나갔고 박희재와 대한이 느긋하게 각자 방에서 나와 막사 입구에 있는 박병은에게 다가갔다.

박병은의 벌어진 입을 본 박희재가 씩 웃으며 말했다.

"대한아, 박 중령 침 좀 닦아 줘야겠다."

대한이 피식 웃으며 주머니에서 손수건을 꺼냈다.

"평가관님, 여기 손수건 있습니다."

손수건을 본 박병은이 그제야 입을 훔치며 박희재에게 말했다.

"이게 진짜…… 보고도 안 믿겨집니다."

"하하, 그렇지?"

"예, 정말 처음 봅니다."

"사전 행동이 필요 없는 부대는 다 이렇지. 그나저나 박 중령?"

"예, 단장님."

"자네 차단선 투입하는 거 평가하러 가야 하지 않나?"

"아!"

박병은은 공병단에 평가관으로 온 것이었다.

그리고 공병단이 차단선에 투입하는 모습을 확인하는 것은 그에게 있어 매우 중요한 임무 중 하나.

박병은이 당황하자 대한이 얼른 말했다.

"제가 차로 모시겠습니다."

"아, 어. 빨리 가자."

"단장님, 다녀오겠습니다."

"그래, 다녀와라."

"부대 잘 부탁드리겠습니다."

"걱정 마."

박희재가 대한을 향해 손을 흔들었고 대한은 정문 앞에 주차해 둔 차량에 박병은과 함께 탑승했다.

박병은이 대한에게 물었다.

"차를 여기 주차해 놨었어?"

"평가관님이 못 따라가실 줄 알고 미리 준비해 놨습니다. 아, 이건 평가관님을 위한 행동이었으니 사전 행동에서 제외해 주십쇼."

"……그, 그래."

대한은 차단선에 투입하는 병력들을 빠르게 쫓았고 이내 산을 뛰어 올라가는 병력들을 발견했다.

대한이 차를 세우며 박병은에게 말했다.

"저 인원들 따라 올라가시면 됩니다."

"안내는 안 해 줘?"

"저도 제 임무가 있습니다. 인원들 빨리 따라가십쇼. 놓치겠습니다."

"아니, 저 인원들 다 전력질주를 하는 것 같은데?"

대한이 박병은을 빤히 보며 말했다.

"……못하십니까? 저 인원들은 군장도 메고 있는데?"

"하, 할 수 있지."

"예, 그럼 고생하십쇼."

박병은이 심각한 표정으로 차에서 내렸다.

그리고 가파른 산을 뛰어올라가는 병력들을 쫓아 달리기 시작했다.

대한은 그가 달리는 것을 확인하고는 그대로 차를 몰아 위병소를 벗어났다.

이내 훈련이 시작하고 가장 위험한 곳.

124연대에서 공병단에 오는 유일한 도로의 초입으로 향했다.

그곳에는 공사가 한창이었고 대한이 차를 세우자 작업자 중한 명이 대한에게 말했다.

"요 며칠 여기 못 지나가는데?"

"예, 알고 있습니다."

대한이 대답하며 가만히 웃고만 있자 말하던 작업자가 그제야 대한임을 알아챘다.

"아, 누군가 했더니 공사 협조해 준 중위님이구나?"

"예, 맞습니다. 뭐 필요한 거 있으시면 말씀해 주십쇼. 도와드릴 수 있는 거라면 얼마든지 도와드리겠습니다."

"아유, 아닙니다. 양방향 전부 출입 통제도 해 주고 야간에도 작업하라고 해 줬는데 뭘 더 바랍니까? 이만큼 편한 현장이 없었습니다."

"그럼 다행입니다. 저희 작업 차량들 잘 지나갈 수 있게 튼튼하게 부탁드리겠습니다."

"당연하죠. 더 꼼꼼하게 해 드려야지."

"그나저나 혹시 통행하려고 온 차들 없었습니까?"

"뭐, 통행이 많은 곳은 아니잖습니까? 아까 뭐 중령 한 분 지나가게 하라고 해서 지나가게 한 것 말고는 없습니다."

대한이 시간을 확인했다.

10시 10분.

'슬슬 올 땐가?'

분명 무슨 행동을 보일 시간이었다.

만약 지금 타이밍에 아무 행동을 취하지 않는다?

그럼 긴장이 많이 풀릴 것 같았다.

'제일 겁내던 상황이 벌어지지 않는 것이니까.'

승부를 해도 제대로 된 상대랑 승부를 보고 싶었지 이런 약자랑 붙고 싶은 마음은 없었다.

그런 생각을 하던 것도 잠시, 차량 한 대가 멀리서부터 굉음을 내며 도로로 접근을 하고 있었다.

'그래, 이래야 할 맛이 나지.'

대한이 씨익 웃으며 작업자들의 차량 뒤로 숨어들었다.

이내 굉음을 내던 차가 작업자들의 차량 앞에 멈췄다.

그리고 창문을 내려 외쳤다.

"군 작전 중입니다. 차 잠시만 빼 주십쇼!"

"예? 이미 협조 다 받은 상황인데 무슨……."

"진짜 급한 상황입니다. 얼른 빼 주십쇼!"

작업자가 당황하며 대한을 찾았다.

이내 차량 뒤에 숨어 있는 대한을 발견했고 대한은 그를 향해 고개를 끄덕였다.

작업자가 고개를 갸웃하며 차량에 탑승해 막고 있던 도로를 열었다.

그러자 124연대 소속으로 추정되는 군인이 말했다.

"협조 감사합니다!"

"아, 예."

군인의 차량이 도로에 진입함과 동시에 다시 멈춰 섰다.

"이 차는 어떤 분 차량입니까?"

운전석에 있던 군인이 대한의 차량을 가리키며 말했다.

하지만 그의 말에 아무도 대답해 주지 않았다.

대한은 작업자에게 말해 다시 도로를 막은 뒤 그들에게 얼굴을 비추었다.

운전석에 있던 군인이 대한을 보고는 놀란 표정으로 물었다.

"무, 뭡니까?"

대한은 그의 전투복에 있는 이름과 계급을 확인하고 말했다.

"배성환 상사님? 제 차량 밀고 갈 거 아니시면 일단 내리십쇼."

배성환은 대한의 말에 당황하는 것도 잠시.

대한과 대한의 차를 번갈아 보기 시작했다.

'뭐야, 설마 밀고 갈 생각이야?'

고민하고 있는 것 자체가 충격적이었다.

그만큼 124연대가 진심으로 훈련에 임하고 있는 것이겠지.

대한이 속으로 감탄하며 말했다.

"미셔도 상관은 없는데…… 주의 사항 들으셨죠? 범죄행위는 안 된다고. 뺑소니로 군복 벗을지 그냥 내리실지 결정하십쇼. 그 정도는 기다려 드리겠습니다."

대한의 말에 배성환이 한숨을 내쉬며 차에서 내렸다.

그리고 주머니에서 담배를 꺼내 물며 물었다.

"민간인 이용하는 건 좀 아니지 않습니까?"

"도로 공사는 저희가 어쩔 수 있는 게 아니지 않습니까?"

"참나, 차량으로 오도 가도 못 하게 길 막은 분이 하실 말은 아닌 것 같은데."

"오해가 있는 것 같은데 전 그냥 공사 잘하고 계신지 보러 온 것뿐입니다."

"굳이? 훈련 시작하자마자?"

"왜 안 됩니까?"

"이상하잖습니까."

"전 그렇게 이상하다 생각 안 하는데……."

배성환이 담배 연기를 내뿜으며 말했다.

"후…… 공병단장님 진짜 훈련 치사하게 하시네. 민간인 안 쓴다고 해 놓고 결국 이렇게 쓰시다니."

하.

오늘 왜 이렇게 선을 넘는 사람이 많지?

대한이 한숨을 내쉬며 본인의 차량으로 갔다.

그리고 조수석의 문을 열고 포승줄을 꺼냈다.

배성환이 포승줄을 보며 물었다.

"뭡니까?"

"뭘 것 같습니까?"

"뭐, 저 묶으실 겁니까?"

"예, 포로 되신 겁니다. 축하드립니다."

"참나…… 아니, 중위님. 장난합니까? 진짜 묶으려고요? 아, 예. 묶으십쇼. 자, 자!"

배성환이 두 손을 모아 대한에게 내밀었다.

대한은 그에게 별다른 대답 없이 다가갔다.

그리고 그의 입에 물려 있는 담배를 향해 손을 휘둘렀다.

탁!

배성환은 대한이 본인을 향해 손을 휘두르는 줄 알고 화들짝 놀라는 것도 잠시.

바닥에 떨어진 담배를 보며 미간을 찌푸렸다.

"……지금 뭐 하는 겁니까?"

"배 상사는 지금 뭐 하는 겁니까?"

"……배 상사?"

"내가 못 할 말 했습니까? 아니, 막말로 내가 배성환이라고 불러도 괜찮은 거 아닙니까?"

대한의 당당한 태도에 배성환이 당황하기 시작했다.

대한은 그에게 한 발 더 다가가 말했다.

"배 상사. 제대로 대우해 줄 때 잘합시다. 그리고 저희 단장님 아십니까?"

"……."

"물어보잖습니까. 아냐고."

"……모릅니다."

"근데 왜 말을 그렇게 합니까?"

"아니, 그렇잖습니까? 입장 바꿔서 생각해 보십쇼. 솔직히 안 치사합니까?"

"예, 안 치사합니다. 치사한 건 작전 실패해 놓고 상대 욕하는 게 더 치사한 겁니다. 본인이 계획 없이 밀고 들어온 걸 누굴 탓합니까?"

"하, 이게 제가 판단한 겁니까? 다 연대장님이 지시한 대로 하는 거지?"

"그럼 연대장이 계획이 없는 겁니까?"

"뭐?"

"본인 입으로 그렇게 말하지 않았습니까? 연대장이 지시했다고."

"그게 왜 그렇게 됩니까?"

"했던 말씀 그대로 인용한 것뿐입니다."

대한이 이내 그를 포박하며 말했다.

"본인이 현장 책임자 아닙니까? 현장에 대한 판단을 보지도 않고 있는 지휘관이 어떻게 합니까? 작전에 목표가 있을 텐데 목표를 이루기 위한 판단은 본인이 해야지. 지휘관은 방향만 제시하는 사람입니다."

순식간에 배성환의 팔을 포박한 뒤 손짓을 하며 말했다.

"엎드리십쇼."

"……예?"

"누가 손만 포박합니까?"

"하, 이것만 합시다. 뭘 다리까지."

"제가 다리 안 묶어 놨다가 누구 하나 쫓아갔던 기억이 있어 가지고 그렇게는 안 될 것 같습니다. 빨리 협조하시죠."

배성환이 연거푸 한숨을 내쉬며 바닥에 엎드렸고 대한은 그의 팔과 다리를 꽁꽁 묶었다.

"이제 어떻게 하실 겁니까? 빨리 풀어 주십쇼. 군소리 안 할 테니까."

"거기 좀 기다리십쇼. 평가관님 보셔야죠."

"평가관님, 어디 계십니까?"

"차단선 올라가셨습니다."

"……예? 오는 데 좀 걸리는 거 아닙니까?"

"아마? 차단선 투입된 거 확인하고 내려오시려면 좀 걸릴 겁니다."

"자, 잠깐. 그럼 이렇게 계속 기다리라는 겁니까?"

대한은 그에게 굳이 답변을 해 주지 않았다.

'정신교육이 필요한 양반이니까.'

대한이 작업자들에게 말했다.

"하던 거 계속하셔도 됩니다."

"장비 써도 됩니까? 저분 진동 때문에 고생 좀 하실 텐데?"

"예, 상관없습니다. 고생 좀 하셔도 됩니다."

"알겠습니다."

콰과과과꽉!

작업자들이 곧바로 땅을 뒤집기 시작하자 배성환이 고통에 몸부림치며 무어라 외쳤다.

하지만 장비들 움직이는 소리에 대한의 귀에는 아무것도 들리지 않았다.

✳

그로부터 1시간 뒤.

차단선 평가를 마친 박병은이 대한에게 도착했다.

박병은은 그 1시간 사이에 많이 늙어 있었다.

대한이 웃으며 그에게 다가가 말했다.

"잘 보셨습니까?"

"……말도 마라. 결국 놓쳐서 겨우 찾았다."

"다행입니다. 못 찾았으면 다시 보여 드려야 하지 않습니까."

"후, 뛰어 올라가는 것만 봐도 완벽하다는 걸 알겠던데 다시 보긴 뭘…… 그나저나 왜 오라고 한 거야?"

"아, 포로 잡았습니다."

"포로?"

대한이 바닥을 가리키자 박병은의 고개가 돌아갔다.

그리고 도로에 팔다리가 뒤로 묶인 채 누워 있는 배성환을 보며 놀라며 말했다.

"무, 뭐야?!"

"124연대 소속 상사입니다. 10시 10분 정도에 잡았습니다."

"아니, 어떻게?"

"그냥 차 끌고 오길래 내리라고 해서 묶어 버렸습니다."

"어? 그냥 이 도로로?"

"예."

박병은이 어이없다는 듯 다가가 물었다.

"이름이…… 배성환 상사님? 뭡니까? 무슨 생각으로 공사로 통제된 곳을 뚫고 들어온 겁니까?"

"……펴, 평가관님?"

박병은이 늙은 것과 마찬가지로 배성환 또한 많이 힘들어 보였다.

하지만 박병은을 보고는 얼굴에 화색이 돌았다.

"아니, 민간인들 이용해서 훈련하는 부대가 어디 있습니까?"

"누가 민간인을 이용합니까?"

"저기 보십쇼. 어제까지만 해도 없던 공사가 오늘 아침에 갑자기 진행되는 것이 말이 됩니까? 그것도 양방향을 다 막고?"

박병은이 고개를 갸웃하며 물었다.

"어제도 여기 오셨습니까? 정찰도 사전 행동인데⋯⋯."

"아, 아니, 그, 그게⋯⋯."

"뭐 살 거 있어서 겸사로 들르셨다고 생각하겠습니다."

"그, 그렇죠. 예. 맞습니다."

"그래도 민간인을 이용한 건 아닙니다. 저거 시에서 계획된 공사입니다. 오는 길에 제가 직접 다 확인했습니다."

다른 사람도 아니고 평가관이 직접 확인했다는데 여기서 더 반박을 할 순 없었다.

배성환이 망연자실한 표정을 짓자 박병은이 안타깝다는 듯 말했다.

"그래도 선봉으로 보냈는데 이렇게 허무하게 잡히시다니⋯⋯ 정찰한 것과 변화가 있다면 부대에 먼저 보고를 하고 지시를 기다리셨으면 좋았을 텐데 참 아쉽습니다. 일단 공병단으로 이동하시죠. 풀어 드려라."

대한이 그에게 다가가 포승줄을 풀기 전 주머니를 뒤졌다.

그리고 휴대폰과 무전기, 마지막으로 담배까지 다 챙겼다.

"자, 잠깐만. 담배는 왜 가져갑니까?"

"포로가 담배 피우는 거 봤습니까? 압수입니다."

"아, 인간적으로 담배는 좀 주십쇼."

"인간적으로 포승줄은 풀어 드리지 않습니까. 이걸로 만족하십쇼. 포로 생활 내내 묶여 있기 싫으시면."

배성환이 나라 잃은 표정을 지으며 차량에 올라탄다.

대한은 배성환을 박희재에게 인계한 뒤 공사가 한창인 곳으로 다시 이동했다.

박병은은 그곳에서 조금 떨어진 곳에서 휴식을 취하는 중이었다.

대한이 다가가자 그가 물었다.

"담배 피우냐?"

"안 피웁니다."

"후, 이 근처에 담배 살 곳 없나? 아까 차단선 올라가면서 담배를 떨어뜨렸나 안 보이네."

대한이 배성환에게 뺏은 담배를 꺼내 그에게 건넸다.

"안 피운다더니?"

"아까 배 상사가 가지고 있던 겁니다."

"이것도 압수했어?"

"예, 포로가 담배 피우는 건 이상하지 않습니까?"

"하하, 그것도 그러네."

박병은이 담배를 피우며 말했다.

"부대 훈련 수준이 아주 대단하더라."

"감사합니다."

"허세와 객기로 가득 찬 부대라고 생각했었는데 그게 아니었어. 실력과 자신감으로 가득 차 있는 부대였어."

"하하, 정확히 보셨습니다."

"다행이야. 이제라도 제대로 봐서."

박병은의 칭찬에 대한이 속으로 피식 웃었다.

그래.

그가 무슨 잘못이 있을까.

잘못이 있다면 공병단을…… 아니, 대한의 부대를 잘 몰랐다는 것?

그리고 어쩌면 그가 가지고 있던 선입견이 지극히 정상일지도 몰랐다.

대부분의 부대는 그랬으니까.

'모르면 알려 주면 되지.'

대한이 고개를 끄덕이자 박병은이 피식 웃으며 말했다.

"단장님이 대단하신 거냐 네가 대단한 거냐?"

"당연히 단장님이 대단하신 겁니다."

"중대장들은 아니라던데?"

"중대장들이 뭐라고 했습니까?"

"내가 이후 훈련 계획 물어보니까 너한테 물어보라던데? 단장님 대신 네가 현장 통제 중이라고?"

"아, 이후 훈련 계획이라면 제가 통제하는 것이 맞습니다."

"지뢰도 네가 만들었다며?"

"제가 직접 제작을 하긴 했는데 이영훈 대위가 아이디어를 주었습니다."

박병은이 고개를 갸웃하며 물었다.

"내가 이영훈 대위한테 물어본 건데? 이 대위는 네가 다 만든 거라고 하던데 누구 말이 맞는 거야?"

아이구.

이 와중에 날 밀어주시네.

그냥 본인이 했다고 하지.

누가 누굴 챙겨 준단 말인가.

이영훈은 육사가 아니었다.

그래서 챙길 수 있을 때 챙겨야 한다고 생각했다.

지금이야 박희재의 비호 아래에 있지만 다른 부대에 가는 순간 언제 어떻게 될지 아무도 모르는 것이었으니.

대한이 씨익 웃으며 답했다.

"만든 건 제가 만든 게 맞으니 둘 다 맞는 말이긴 합니다. 근데…… 저도 이영훈 대위한테 아이디어를 못 들었으면 못 만들었을 테니 이영훈 대위의 공이 더 큰 것 아니겠습니까?"

"흠, 그렇지. 몰랐다면 네가 움직이지도 않았을 테니까. 그나저나 이 대위 그렇게 안 보였는데 센스가 있는 것 같네."

오.

그 짧은 사이 이영훈을 파악한 건가?

그래, 괜히 평가관으로 왔겠나.

박병은도 한 능력 하는 양반이니 작전사에 자리 잡고 있겠지.

대한이 박병은에게 물었다.

"어떻게 보셨습니까?"

"이 대위? 그냥…… 좀 정신없어 보이던데?"

"주어진 임무가 많아서 그렇게 보이셨던 것 같습니다. 야간에 계획된 작전 때 보시면 생각이 바뀌실 겁니다."

"야간 작전? 뭔데?"

특공여단과 훈련을 함께할 때도 그랬지만 이번에도 훈련 계획을 평가관에게 전달하지 않았다.

대한이 옅게 웃으며 답했다.

"기밀사항이라 말씀드릴 순 없고…… 작전을 전개하기 전에는 말씀드리겠습니다."

"후…… 그 계획을 미리 알려 주면 어디 덧나? 단장님도 그렇고 왜 다 기밀이라 하는 거지? 난 그래도 평가관이잖아."

"그래도 저희 부대 사람은 아니시지 않습니까. 불편하시겠지만 협조 부탁드리겠습니다."

박병은이 고개를 내저으며 말했다.

"평가관이 이렇게 힘든 자리가 아니었던 것 같은데……."

"제가 힘들지 않도록 만들어 드리겠습니다."

"그런 말 할 거면 일찍 좀 하지. 벌써 힘든데?"

"땀은 좀 나야 하지 않겠습니까. 그래야 훈련한 느낌이 나죠. 무튼 훈련이 끝나면 힘들지 않았다고 생각할 수 있게끔 만들어 드리겠습니다."

"……그래, 지금보다 더 힘들게만 하지마라."

박병은도 많은 걸 내려놓은 상황이었다.

훈련 시작과 동시에 온몸에 흙먼지를 뒤집어쓰고 산을 뛰어다녔으니까.

'이만하면 기강은 제대로 잡은 것 같네.'

평가관으로서 권위는 모두 잃어버린 지 오래였다.

그렇기에 대한은 박병은을 더 괴롭힐 생각이 없었다.

대한이 시간을 확인하고는 말했다.

"저 차단선에 잠시만 다녀오겠습니다."

"……나도 가야 하는 거냐?"

"아닙니다. 여기서 쉬고 계십쇼."

"그러다 124연대가 후발대를 보내면 어떻게 하려고?"

"대신 막아 주실 겁니까?"

"하하, 그건 불가능하지."

대한이 미소를 보이며 말했다.

"안 올 겁니다. 아니, 못 올 겁니다."

로판부터
장군까지

"못 온다고? 왜지? 한 번 실패했다고 다시 시도하지 말란 법은 없잖아."

틀린 말은 아니었다.

실패를 했다면 실패를 경험 삼아 방법을 바꿔서 다시 후발대를 보낸다면 성공 확률은 훨씬 더 올라가니까.

하지만 그럼에도 124연대가 후발대를 못 보내는 이유?

"124연대는 작전이 성공했는지 실패했는지 아직 파악도 못 하고 있을 겁니다. 그게 이유입니다."

"아……."

124연대에게 어떤 보고도 들어가지 않은 상황이었다.

시간을 생각했을 땐 실패에 가능성을 두는 것이 맞지만 선발대가 기회를 노리고 있는 상황일 수도 있지 않은가.

현장의 판단을 믿을 수밖에 없는 지휘관의 입장에서는 후발대를 보낼 수 있는 상황이 아니었다.

'성급하게 후발대를 보냈다가 선발대의 작전까지 망칠 수도 있으니까.'

시간이 좀 더 흘러 성공 가능성이 제로가 되었을 때야 다음 작전을 수행할 수 있을 터.

대한은 감탄하는 박병은을 뒤로한 채 차단선으로 향했다.

그로부터 30분 뒤, 차단선 진지를 확인하던 대한은 이영훈의 진지로 향했다.

이영훈이 대한을 향해 총을 겨누며 말했다.

"정지! 정지! 손들어 움직이면 쏜다!"

"하…… 얼굴 보이시지 않습니까?"

"대한!"

"민국."

"신원확인을 위해 3보 앞으로."

대한이 한숨을 내쉬며 이영훈의 지시를 따랐다.

이런 양반을 내가 왜 챙겨 주려고 했을까.

대한이 다가오자 이영훈이 씩 웃으며 말했다.

"신원 확인 되었습니다."

"……이걸 왜 주간에도 하십니까? 그리고 진지 전방도 아니고 뒤에서 오는데도 합니까?"

"완벽한 경계를 위해서는 하늘도 살피는 게 진정한 군인 아니겠나?"

이영훈이 총구를 하늘로 움직이며 방정을 떨었다.

대한이 고개를 내저으며 그의 옆에 앉으며 말했다.

"아주 든든합니다."

"그치? 공병단은 내 덕분에 잘 굴러가고 있었다니까."

"예, 그래서 말인데 야간에 단독 작전 하나만 하십쇼."

"단독 작전? 그런 게 계획에 있었어?"

"나눠 드린 계획에는 없었지만 제 머릿속에는 있었습니다."

"네가 직접 지시하는 거야? 중대장인 나한테?"

"예, 하기 싫으십니까?"

로판의
장군까지

이영훈이 대한을 빤히 바라보는 것도 잠시 해맑게 웃으며 말했다.

"아니, 네가 지시하는 건데 당연히 해야지."

"믿어 주셔서 감사합니다."

"그래서 뭐 하면 되는데?"

"일단 금일 야간에 진지를 비우고 제가 지정한 위치에서 경계를 해 주시면 됩니다."

"진지를 비워? 내가 비면 차단선에 빈틈이 생길 텐데?"

대한이 진지를 둘러보며 말했다.

"중대장님 진지는 4인 진지잖습니까. 한 명 정도는 제외해도 괜찮습니다."

"흠, 그래도 불안한데…….."

"중대장님께서 야간에 병력들이랑 이야기하는 것이 더 불안합니다."

대한의 말에 진지에 있던 병사들이 참았던 웃음을 터트렸다.

이영훈이 병사들을 째려보자 대한이 잽싸게 말을 이었다.

"그리고 진정한 군인인 중대장님이 적들에게 진정한 군인이 뭔지 확실히 알려 줘야 할 필요도 있다고 생각합니다. 지금은 적이긴 하지만 결국 같은 아군 아닙니까?"

"진정한 군인이라…… 하, 남의 부대까지 교육시키는 건 좀 오지랖인데."

"에이, 오지랖 아닙니다. 이렇게 직접 경험시켜 주실 수 있을 때 교육해 줘야 제대로 배우지 않겠습니까?"

"흠, 그건 그렇지. 그래서, 내가 뭘 하면 되는데?"

대한이 이영훈의 단독 작전을 설명하기 시작했다.

"적의 행동을 예상해 본다면 금일 야간에 어떤 목적으로든 침투를 시도할 것입니다. 그것이 정찰이 될지 진짜 침투 시도가 될지는 모르겠습니다만 전 적에게 저희 부대에 그 어떤 정보도 전달할 생각이 없습니다."

"어…… 지뢰 매설을 해 놨다는 걸 숨기고 싶은 거지?"

이야.

그냥 즐거움만 추구하는 양반인 줄 알았건만 그래도 생각은 하는구나?

대한이 감탄하자 이영훈이 어이없다는 듯 말했다.

"야야, 나도 계급이 있는데 그 정도는 알지. 군 생활 즐겁게 하고 싶어서 열심히 놀아 줬더니만…… 날 너무 바보처럼 보는 거 아니야?"

"하하, 아닙니다."

"뭐가 아닌데."

"열심히 안 놀아 주셨다는 말입니다."

"바보처럼은 봤다는……."

대한이 이영훈의 말을 끊고 설명을 이어 나갔다.

"무튼 금일 야간에 침투를 시도했을 때 지뢰 매설에 관한 정보를 줄 가능성이 높습니다. 중대장님께서 그걸 막아 주셨으면 합니다."

"나도 정보를 주고 싶진 않다만…… 그걸 어떻게 막으면 되는데? 나 혼자서 뭘 어떻게 하라고?"

"그건 해 떨어지기 전에 평가관님이랑 같이 와서 말씀드리겠습니다."

"미리 준비할 게 없는 거야?"

"진정한 군인이 무슨 준비가 필요하겠습니까?"

"……그건 그렇지."

궁금한 게 많은 표정이었지만 본인이 한 말이 있어 더 물어보진 않았다.

대한은 다시 공사 현장으로 돌아가 도로로 침투하는 적이 있는지 확인하며 시간을 보냈다.

그날 저녁.

대한이 박병은과 함께 이영훈의 진지로 향했다.

그리고 이영훈을 데리고 지뢰지대를 피해 산을 내려갔다.

그렇게 한참을 내려와 도로가 보이는 곳에 다다랐을 때 대한이 걸음을 멈추고 두 사람에게 말했다.

"여기가 작전지역이 될 것입니다."

작전지를 본 박병은이 물었다.

"여긴 도로에서도 식별이 가능한 곳 같은데…… 이런데서 작전을 수행한다고?"

"예, 그렇습니다."

"흠…… 그래 일단은 마저 설명해 봐라."

대한이 주변을 둘러보며 말을 이었다.

"큰 나무가 많긴 하지만 도로의 가로등이 비치는 곳이라 주의를 기울인다면 분명 이영훈 대위를 발견할 겁니다. 하지만 주의를 기울이지 않는 곳에 숨어서 경계를 실시한다면 적은 그대로 차단선 침투를 위해 여길 지나갈 수밖에 없습니다."

"그렇겠지. 근데 이 근처에 주의를 기울이지 않는 곳이 어디 있어? 아무리 봐도 없는데?"

"왜 없습니까? 딱 한 군데 있지 않습니까?"

대한이 고개를 들어 하늘을 바라봤고 두 사람도 동시에 고개를 들었다.

이내 박병은이 고개를 갸웃하며 물었다.

"……나무에 올라간다고?"

"역시 평가관님. 정확하십니다."

그러자 이영훈이 대한의 팔을 붙잡으며 말했다.

"대, 대한아."

"예, 중대장님."

"아니, 아무리 그래도 이건 좀……."

"왜 그러십니까. 하늘도 살피는 진정한 군인이라면 하늘에 위치할 수도 있어야 하지 않겠습니까?"

이영훈은 본인이 했던 말을 후회하는 것도 잠시 이내 이 상황을 벗어나기 위해 노력했다.

"군인이라면 승리를 위해 어떤 곳이든 위치해야 하는 것이 맞지. 근데 저기 혼자 올라가 있으면 얼마나 위험하겠어? 혹시라도 내가 떨어져서 다치기라도 하면? 그거 엄청난 손실이야. 게다가 작전 중이라 내가 다친 줄도 모르지 않겠냐? 너도 내가 다치는 건 바라지 않잖아."

"갑자기 프로답지 않게 왜 이렇게 혓바닥이 기십니까?"

"아, 제발."

이영훈의 다급한 태도에 대한이 피식 웃으며 박병은을 바라봤다.

"그 부분은 너무 걱정하지 않으셔도 됩니다."

"왜?"

"왜냐면 평가관님도 같이 올라가 계실 거라서 그렇습니다."

"뭐?"

대한의 말에 두 사람의 표정이 굳어지기 시작했다.

특히 박병은의 얼굴이.

그러다 이내 박병은이 진지한 표정으로 물었다.

"난 왜 올라가?"

"평가 안 하십니까?"

"평가는 밑에서 해도 상관없잖아?"

대한이 단호하게 고개를 내저으며 말했다.

"그건 안 됩니다. 평가관님께서 밑에 계시면 124연대에서도 뭔가 이상하다고 생각하지 않겠습니까?"

"그, 그건 그런데……."

"사령관님께 직접 보고드려야 하는 결과에 평가관님 때문에 실패한 작전이 있다고 적혀 있으면…… 어휴, 상상만 해도 피곤할 것 같습니다."

하.

이 자식 봐라?

이렇게 외통수를 둬?

그러나 방법이 없었다.

정말 외통수였다.

그렇기에 주변을 둘러보던 끝에 현실과 타협하기로 했다.

"……그래도 난 평가관이니까 사다리 정도는 타도 괜찮지?"

"예, 그렇습니다. 마음에 드는 나무 고르고 계시면 제가 바로 준비해 드리겠습니다."

대한의 말에 박병은이 가장 커다란 나무를 찾기 위해 주변을 살피기 시작했다.

대한이 두 사람을 놔두고 사다리를 가지러 내려가려던 그때, 이영훈이 대한의 팔을 붙잡았다.

"자, 잠깐만 대한아."

"예, 중대장님."

"그럼 난 설마 그냥 올라가라는 거냐?"

"설마 진정한 군인이 사다리가 필요하신 겁니까?"

"진정한 군인이고 나발이고 나도 사다리 줘라. 살려 줘."

"아휴, 진정한 군인 다 죽었습니까?"

"어, 죽었어."

"드리겠습니다."

"정말?"

"근데 괜찮으시겠습니까?"

"뭐가?"

"사다리 쓰시는 건 좋은데 타고 올라간 뒤엔 어떻게 수거하시려고 그러십니까?"

대한이 작전지역을 정해 주긴 했지만 이건 엄연히 이영훈의 단독작전이었다.

차단선을 견고히 유지한 상태에서 진행되어야 하는 것이기 때문에 누군가 이영훈에게 물자를 지원하는 건 말이 안 되었다.

'현실감 있게 작전을 진행해야 제대로 인정을 받을 수 있는 법이라고.'

그렇기에 이영훈이 사다리를 이용하려면 사다리까지 나무 위로 끌고 올라가야 했다.

이영훈이 나무를 위아래로 훑어본 뒤 한숨을 내쉬며 말했다.

"하……."

"진정한 군인 화이팅!"

"넌 진짜…… 알겠다."

"역시 중대장님이십니다. 아참, 이거 챙겨 가십쇼."

대한이 검은 봉지 하나를 건넸다.

"이게 뭔데?"

"중대장님이라면 적절한 타이밍에 잘 사용하실 수 있으실 겁니다."

"그러니까 이게 뭐…… 아, 오케이. 알겠다."

이영훈이 봉지 속 내용물을 확인하고는 바로 고개를 끄덕였다.

대한은 이영훈을 응원해 준 뒤 그대로 사다리를 가지러 부대로 이동했다.

잠시 후, 작전지역으로 사다리를 가지고 온 대한은 나무 위를 살피고는 흡족한 미소를 지었다.

"역시 진정한 군인이십니다."

"대한아, 진짜 큰 문제가 있다."

"무슨 문제가 있습니까?"

"나 내려갈 땐 어떻게 내려가냐?"

그러게.

올라간 것도 신기한데 어떻게 내려오지?

대한이 나무를 위아래로 훑어보는 것도 잠시 고개를 끄덕이며 말했다.

"진정한 군인은……."

"아, 지랄 말고. 제발."

"하하, 내려올 때 되면 무전 치겠습니다. 그때까지 적 침입 잘 막아 주십쇼."

"에휴, 알겠다. 꼭 데리러 와야 해?"

"누가 보면 애라도 버리러 온 줄 알겠습니다."

대한은 이영훈에게 엄지를 치켜들고는 박병은을 나무 위에 올렸다.

그리고 산을 내려가 숲을 바라봤다.

두 사람이 보이지 않는다.

일부러 찾으려고 애써도 보이지 않는 게 완벽한 은폐였다.

대한은 크게 흡족해하며 그대로 공사 현장으로 복귀했다.

그렇게 몇 시간 뒤, 22시가 다 되어 가는 상황이었지만 적의 움직임은 보이지 않았다.

대한이 안 보이는 곳에서 움직이고 있을 수도 있었지만 그렇다면 무전기가 울렸을 터.

'다음 작전은 언제 시작하려는 거지?'

대한은 124연대가 얼른 침투를 해 왔으면 했다.

준비가 덜 되었다면 적이 모습을 보이는 것이 두렵겠지만 공병단은 적의 침투를 두려워하지 않았다.

'준비를 워낙 잘해 놨으니까.'

얼른 다른 포로들을 잡아 124연대의 계획을 조금이라도 알아보고 싶었다.

그때, 차단한 도로를 향해 택시가 한 대 다가왔다.

대한은 주변을 살피고는 모습을 드러내며 택시에 손을 흔들었다.

택시가 대한 앞에 멈춰 서자 대한이 운전석으로 이동했다.

"고생하십니다. 이 앞 도로는 현재 공사 중이라 다른 곳으로 우회하셔서 이동하셔야 할……."

택시기사에게 도로 상황을 전달하던 대한이 뒷자리에 타고 있는 손님의 복장을 확인하고는 말을 멈췄다.

'전투복?'

124연대가 아주 참신한 작전을 쓰는구나.

대한이 피식 웃으며 뒷자리를 향해 말했다.

"작전 실패입니다. 얼른 내리십쇼."

대한의 말에 택시 뒷문이 열렸다.

그리고 익숙한 목소리가 들려왔다.

"실패라뇨. 이렇게 완벽하게 성공했는데."

"엥? 네가 왜 여기서 나와?"

뒷자리에 앉아있던 군인은 다름 아닌 박태현이었다.

근데 태현이는 분명 휴가 출발했을 텐데?

대한이 놀라는 것도 잠시 그에게 물었다.

"설마 휴가 복귀?"

"예. 맞습니다. 상관이 고생하시는데 제가 어떻게 휴가 나가서 편히 쉬겠습니까?"

"이야…… 그래도 군 생활 좀 했다고 센스가 늘었다?"

"제가 누구 밑에 있었는데…… 안 늘었으면 그냥 전역해야죠."

박태현은 택시를 다시 돌려보내고는 대한과 함께 공사 현장으로 이동했다.

대한이 미간을 찌푸리며 물었다.

"올 거면 일찍 오지 왜 이렇게 늦었어?"

"와, 너무하신 거 아닙니까? 부하가 휴가까지 반납하고 여기까지 왔는데 늦었다고 뭐라 하십니까?"

"이런 소리 안 들으려면 일찍 왔어야지."

"하…… 그래도 오랜만의 휴가인데 가족들 얼굴은 보고 와야죠."

흠.

그래, 가족은 인정이지.

대한이 재빨리 미소를 지으며 말했다.

"오느라 고생했겠네. 택시비는 나한테 청구해라."

"됐습니다. 훈련 끝나고 고기나 사 주십쇼."

"하하, 그건 당연하지. 얼마든지 사 주마."

"그나저나 여기서 계속 대기하십니까?"

"어, 일단은?"

"124연대 움직임 보고 움직이시려고 그러시는구나. 그럼 오늘 움직이지 않으실 수도 있는 거 아닙니까?"

대한이 고개를 갸웃하며 물었다.

"내가 너한테 훈련 관련해서 무슨 말을 했었나?"

"아뇨, 듣기도 전에 휴가 출발했잖습니까."

"근데 내가 움직인다고 어떻게 확신하는 거지?"

"제가 소대장님 원투데이 봤습니까? 이번 훈련 최대한 빨리 끝내려고 하시는 거 아닙니까?"

이야…… 가장 가까운 아군이 가장 무서운 적이라더니.

대한은 박태현의 예상을 듣고는 감탄할 수밖에 없었다.

대한의 감탄에 박태현이 어깨를 으쓱했다.

"에이, 뭐 이런 거 가지고 놀라십니까?"

그리 말하더니 이어서 챙겨 온 가방을 열어 정장을 꺼내 들며 말했다.

"심지어 전투복도 챙겨 왔습니다."

대한이 흡족한 표정으로 말했다.

"EHCT 예비 팀장답다."

"팀장님만 하겠습니까."

"일단 환복은 대기해. 네 말대로 어떻게 움직이는지 한 번은 확인하고 움직일 예정이니까."

"근데 훈련 시작하고 한 번도 얼굴 안 비쳤습니까?"

"아니, 시작하자마자 차량으로 침투 시도했고 상사 한 명 포로로 잡아서 지금 단장님 옆에서 취조당하는 중이야."

"단장님? 흠……."

"왜, 아무것도 못 얻을 것 같아서?"

"아무래도 그렇지 않겠습니까. 단장님께서 다른 부대 사람들을 험하게 대할 순 없지 않습니까."

"험하게 안 다뤄도 정보는 얻을 수 있어."

"어떻게 말입니까?"

"채찍보단 당근이지."

하물며 그 상대가 배성환이라면 더더욱 잘 통할 것이다.

그래서 일부러 담배까지 뺏어 온 거니까.

'옆에서 계속 담배 태우고 계실 건데 흡연자가 어떻게 안 불고 뻐기겠어?'

아마 오늘을 못 넘기고 다 불어 버릴 것이다.

대한이 박태현에게 이 사실을 말해 주자 박태현이 대한을 빤히 보며 말했다.

"소대장님은 가만 보면 악마가 와서 친구 하자고 할 것 같습니다. 어떻게 흡연자를 그리 괴롭히십니까?"

"같은 흡연자라고 지금 포로 편들어 주는 거야?"

"그냥 감정이입이 되서 그렇습니다."

"까불지 말고 경계나 제대로 서."

박태현이 구시렁대며 전방을 살피기 시작했다.

잠시 후, 대한의 휴대폰이 울렸다.

"예, 충성."

-대한아, 배 상사가 드디어 입을 열었다.

음.

역시 예상대로군.

하루도 안 가서 니코틴과 타르에 항복했어.

대한이 웃으며 말했다.

"역시 담배 앞에 장사 없습니다."

—부대원들이 밖에서 고생하는데 나도 최선을 다했지. 배 상사 눈앞에서 담배 두 갑은 넘게 피운 것 같다.

"이야, 두 갑씩이나…… 고생하셨습니다."

—고생은 무슨. 이 정도도 못 하면 단장 자리에 못 앉아 있지. 무튼 배 상사 말로는 02시에 1개 소대 규모 침투 예정이란다.

02시?

흠.

애매한 시간이었다.

군에서 야간 작전을 펼치는 경우가 많이 없기도 했지만 펼친다 하더라도 더 야심한 시각에 펼치는 것이 맞았다.

그리고 심지어 오늘은 훈련 첫날.

'훈련 2, 3일 차라면 먹힐 전략이지만 첫날에 02시면 병력들도 안 피곤하지.'

근데 이거 연대장이 직접 세운 계획 맞을까?

연대장이 직접 세운 계획이라기엔 좀 어설픈데?

대한은 잠시 고민하더니 박희재에게 말했다.

"단장님, 아무래도 배 상사가 가짜 정보를 분 것 같습니다."

—같이 회의까지 했다고 하던데?

"배 상사가 출발한 지 12시간이 다 됐습니다. 아마 다음 작전으로 전환했을 겁니다."

-잠시만.

박희재가 배성환에게 무어라 물었고 이내 대한에게 전달했다.

-작전은 하나뿐이었다고 믿어 달라는데?

"본인이 본 작전은 하나뿐인 게 맞았을 겁니다. 지금 다른 걸 보고 있을 거라고 말씀드리는 겁니다."

-흠, 그렇겠구나. 그럼 배 상사는 어떻게 하지? 이젠 쓸모없잖아.

"저번처럼 하시는 게 어떻습니까?"

-저번? 아, 식당 사역 보내라고?

"예, 이제 식사 준비할 때마다 담배 하나씩 주면 될 것 같습니다."

-하하, 알겠다. 지원할 거 생기면 바로 연락해라.

"예, 알겠습니다."

대한은 박희재의 전화를 끊고는 시간을 확인했다.

'1개 소대를 출발할 계획을 세웠다라…….'

침투 가능 병력의 30% 정도 되는 전력이었다.

앞으로 몇 번의 시도를 할진 모르겠지만 한 번에 여러 곳에서 침투할 수 있는 수준이었다.

'정신없이 막다가 빈틈이 생길 수도 있겠네.'

대한은 곧장 무전으로 차단선에 첩보 사항을 전달했다.

그리고 절대 진지 이탈을 하지 말라고 당부했다.

그렇게 시간은 흘러 02시.

대한은 무전 채널을 바꿔 이영훈에게 무전을 쳤다.

"특이사항 없으십니까?"

─……아까 전부터 있었다.

"124연대가 접근했습니까?"

─아니, 화장실 가고 싶다.

대한이 한숨을 내쉬고는 무전기를 다시 눌렀다.

"특이하긴 한 것 같은데…… 그것보다 124연대의 기존 계획이 02시였으니까 사주경계 집중해 주시기를 바랍니다. 이상."

─오케이.

대한의 예상대로 02시에는 124연대가 움직이지 않았다.

그로부터 1시간 뒤.

이영훈이 대한에게 무전을 했다.

─적 발견. 1개 분대 규모. 차단선 전파 바람. 이상.

대한은 무전에 답을 하는 대신 채널을 바꿔 차단선에 무전 내용을 전달했다.

그리고 박태현을 불렀다.

"태현아, 사다리 챙겨서 따라와."

"적을 발견했는데 무슨 사다리를 챙깁니까? 설마 사다리로 패십니까?"

"가 보면 알아. 얼른 챙겨."

박태현이 고개를 갸웃거리며 사다리를 챙겼고 이내 숲으로
들어가기 시작했다.

잠시 후, 대한이 멈춰 섰고 그곳은 이영훈이 나무 위에 올라
가 있는 곳과 얼마 떨어져 있지 않은 곳이었다.

대한은 박태현과 함께 바닥에 바짝 엎드린 뒤, 귀를 활짝 열
었다.

그렇게 기다리는 것도 잠시.

퍼엉!!

조용한 숲에 커다란 폭발음이 울려 퍼지기 시작했다.

퍼엉! 퍼엉!

큰 폭발음에 이어 비슷한 폭발음이 연달아 숲에 울려 퍼졌
다.

대한의 옆에 가만히 엎드려 있던 박태현이 놀라며 물었다.

"소, 소대장님. 이게 무슨 소립니까?"

"승리의 축포가 터지는 소리?"

대한이 씨익 웃으며 자리에서 일어나 전투복에 묻은 먼지를
털었다.

이내 대한의 무전이 울렸다.

─아아, 적 10명 모두 소탕. 얼른 사다리 들고 등장하기 바람.
이상.

이영훈의 자신 있는 목소리에 웃음을 터트리고는 서둘러 이동했다.

단독작전이 펼쳐지던 자리에 도착하자 124연대 소속 병력 10명이 망연자실한 표정을 하고 있었다.

대한이 그들을 쓱 훑어보고는 박태현에게 말했다.

"태현아, 평가관님 먼저 내려드려라."

"예? 내려드리라…… 아, 거기 계시구나."

박병은을 발견한 박태현이 서둘러 사다리를 펼쳐 박병은을 내렸다.

박병은은 나무에서 내려오자마자 124연대 병력들에게 물었다.

"너네 진짜 다친 곳 없지?"

"예, 없습니다."

"하…… 그래, 다행이구나."

그러고는 대한을 향해 인상을 쓰며 말했다.

"김 중위! 이건 너무 심하잖아! 훈련인데 이게 무슨 짓이야!"

대한은 그의 반응에 당황할 수밖에 없었다.

"평가관님, 뭐 때문에 그러십니까?"

"뭐 때문에 그러냐고? 아니, 아무리 훈련용 수류탄이라고 하지만 사람한테 던지면 어떻게 해?"

"훈련용이니 던졌던 건데…… 왜 그러십니까?"

"뭐? 왜 그러십니까? 이 자식이 잘한다 잘한다 칭찬 많이 받

더니 아주 막 나가네? 여기 있는 인원 중 누구 하나라도 다치
면 자네가 책임질 수 있어? 어?"

"아, 물론 제가 책임질 생각입니다. 근데 지금 좀 오해가 있
으신 것 같습니다."

"오해? 오해는 무슨 오해?"

"아…… 이게 평가관님이 아시는 그런 훈련용 수류탄은 맞
는데 전혀 위험하지 않습니다."

"그게 무슨 소리야? 위험하지가 않다니!"

"아…… 바로 보여 드리겠습니다. 태현아, 우선 중대장님부
터 얼른 내려 드려."

"예, 알겠습니다."

눈치를 보던 박태현이 서둘러 사다리를 옮겼고 상황을 지켜
보던 이영훈은 얼른 나무에서 내려와 설명을 시작했다.

"죄송합니다, 평가관님. 훈련용 수류탄을 쓴다는 걸 미리 말
씀을 못 드렸습니다."

"아니, 자네는 대위씩이나 되서 정신이 없나? 훈련용 수류
탄 위험한 거 몰라?"

"아, 그 부분은 정말 장담드릴 수 있습니다. 하나도 위험하
지 않습니다. 대한아, 그러지 말고 네가 직접 보여 드려라."

"예, 알겠습니다."

대한은 이영훈의 탄띠에 걸려있는 훈련용 수류탄을 하나 꺼
내 바로 안전핀과 안전클립을 제거했다.

그런데 던지지 않고 손에 쥐고만 있자 놀란 박병은이 소리 쳤다.

　"야! 지금 뭐 하는!"

　그 순간.

　퍼엉!!

　박병은의 외침이 있던 순간 대한의 손에 쥐인 수류탄이 굉음과 연기를 내며 터졌다.

　지척에 있던 박병은은 깜짝 놀라 하마터면 엉덩방아를 찧을 뻔했다.

　그러나 더 놀라운 건 그다음이었다.

　"……어?"

　대한의 손이 멀쩡했던 것.

　주변 사람도 마찬가지.

　대한이 수류탄을 쥐고 있던 손을 박병은에게 펼쳐 보이며 말했다.

　"뭔가 잘못 알고 계신데 훈련용 수류탄은 이렇게 손에 쥐고 터뜨려도 아무렇지 않을 만큼 안전합니다."

　"그게 무슨…… 진짜야?"

　"예, 그렇습니다. 방금 봐서 아시지 않습니까. 그래서 훈련용 수류탄 활용 허가도 받은 겁니다."

　정말이었다.

　공병이었던 대한은 이 사실을 그 누구보다 잘 알았다.

실제로 손에서 터뜨려 본 적도 몇 번 있으니까.

'하지만 지금은 그 인식이 좀 덜할 때지.'

논란이 너무 많아서 미래엔 훈련용 수류탄을 만든 업체에서 직접 안전성 시연 테스트 영상도 공개하기도 했다.

그래서 대한은 훈련용 수류탄에 대한 절대적인 믿음이 있었다.

박병은이 놀란 표정으로 말했다.

"이게 무슨……."

"이게 아무리 그래도 수류탄이다 보니 좀 잘못 알려진 사실들이 있는 것 같습니다. 하지만 아까도 보셨겠지만 훈련용 수류탄은 이만큼이나 안전합니다. 저도 허가 하에 작전에 넣은 거니 너무 놀라지 않으셔도 될 것 같습니다."

"죄송합니다, 평가관님."

두 사람의 사과에 박병은이 멍한 표정을 짓는다.

당연했다.

이번 훈련에 훈련용 수류탄까지 쓸 줄 그 누가 예상이나 했겠는가?

"……."

박병은은 잠시 침묵하더니 이내 124연대 병력들을 다시 한번 더 둘러보았다.

다시 봐도 다친 사람은 없다.

그저 허무하게 잡혀 쪽팔려 하는 얼굴들일뿐.

얼마간의 생각 끝에 그가 민망함에 헛기침을 하며 말했다.

"흠흠, 김 중위."

"예, 평가관님."

"내가 여태껏 이런 경우를 본 적이 없어서 좀 놀랐던 모양이야. 이해하게."

"아닙니다. 당연히 놀라실 수 있다고 생각합니다. 최대한 실전과 같은 훈련을 준비하려고 벌인 일인데 뒤늦게라도 이해해 주셔서 감사합니다."

"그래…… 근데 그거 참 신기하네. 난 아무리 훈련용이라도 파편이 있으니까 좀 위험할 줄 알았거든. 근데 손에 쥐고 터뜨려도 멀쩡할 줄이야."

"이게 파편도 흙으로 된 거라 하나도 안 아픕니다."

"……자넨 참 물자에 대한 이해도가 뛰어나구만."

"하하, 감사합니다. 그럼 일단 124연대 소속 병력들 사망자와 부상자들 분류해서 부대로 이동 먼저 시키겠습니다."

"분류는 내가 해 주마. 내가 수류탄 떨어지는 지점을 정확히 봤거든."

드디어 평가관 본연의 임무를 하는구만.

대한이 고개를 끄덕이자 박병은이 돌아다니며 사망자와 부상자를 선정했다.

주변을 정리한 뒤 부대로 복귀하는 길.

박병은이 중얼거렸다.

"참 신기하네…… 내가 왜 여태 이 사실을 몰랐지?"

그 중얼거림에 대한이 조용히 웃었다.

그럴 수 있다고 생각했다.

하지만 훈련용 수류탄은 처음부터 이런 형태로 만들어져 나온 것.

그럼에도 이러한 잘못된 인식이 퍼진 건 군대 물자에 대한 믿음이 없어서 그런 것 아니겠나.

'이런 것들도 하나하나 다 고쳐 나가야 할 사항들이지.'

갈 길이 멀다.

하지만 포기할 생각은 없었다.

그게 자신이 가진 직업적 소명 중 하나라고 생각했으니까.

이윽고 대한이 포로들을 향해 말했다.

"이제 곧 차단선 근처니까 천천히 가 주십쇼."

포로들 발걸음이 느려진다.

덩달아 이영훈과 박병은의 걸음도 조금 느려졌는데 이영훈이 미간을 좁히며 대한에게 말했다.

"대한아."

"예, 중대장님."

"나 먼저 가도 되냐?"

"왜 그러십니까?"

"아까부터 참았더니 쌀 것 같다."

"아…… 근데 지금 평가관님도 계신데……."

그때 박병은이 말했다.

"……나도 급하다. 위병소에 화장실 있지?"

"어, 얼른 가십쇼."

"그럼 먼저 좀 갈게."

두 사람이 세상에서 가장 심각한 표정으로 후다닥 앞질러 나간다.

✳

훈련 2일 차 09시.

대한은 박태현에게 도로 경계를 맡긴 뒤 단장실로 향했다.

"충성!"

"훈련용 수류탄 터트렸다며?"

"아, 예. 그렇습니다."

"평가관이 뭐라고 안 하든?"

박희재의 표정을 보니 박병은이 대한에게 뭐라 했을 것이라 확신하는 것 같았다.

대한이 웃으며 답했다.

"예, 별말 안 하셨습니다."

"흠, 그래?"

"예, 왜 그러십니까?"

"아니, 아침 먹고 난 뒤에 따로 보고하는데 별것도 아닌 거

가지고 엄청 조심스럽게 보고를 하더라고. 그래서 난 또 너한테 뭐라고 한 줄 알았건만. 네가 아니라면 됐다."

이렇게 또 한 사람을 살리네.

나랑 미리 오해를 풀어서 다행이지 만약 있었던 사실을 그대로 보고했다면 평가관이고 뭐고 박희재의 분노를 보게 됐을 것이다.

박희재가 대한을 앉히며 말을 이었다.

"그나저나 포로들에게 계속 물어봤는데 야간 작전 말고는 아는 게 통 없더라. 124연대장이 이후 작전에 관해서 통제를 하고 있는 것 같아."

"흠……."

아쉬운 부분이었다.

야간에 잡은 포로에게 정보가 있었다면 124연대를 가지고 놀수 있었을 텐데.

'그래도 대령은 대령이라 이거지.'

124연대장 또한 훈련에 진심인 것이 느껴졌다.

대한이 아쉬워하자 박희재가 웃으며 말했다.

"그래도 훈련 시작하자마자 잡은 배 상사가 훈련 계획을 좀 알고 있었으니 124연대장은 머리 좀 아플 거다."

"혹시 배 상사가 2, 3일 차 훈련 계획도 알고 있었습니까?"

"어, 알고 있더라. 오늘은 점심 이후 한 번, 내일은 해 뜨기 직전에 한 번 침투를 할 예정이라던데?"

박희재의 말에 대한이 미소를 지으며 말했다.

"생각보다 많이 알고 있어서 다행입니다."

"포로로 바로 잡힐 줄 몰랐으니 알려 준 거겠지."

"저희로선 다행입니다."

"그러게나 말이다. 아무튼 야간에 침투했던 시간을 생각해 보면 일단 계획을 크게 틀 것 같진 않으니 2, 3일 차 침투 계획에 맞춰서 경계에 집중하면 될 것 같다."

"예, 그렇게 전파하겠습니다."

"그래, 그건 그렇고…… 우리 작전은 언제 실시할 거냐?"

"124연대가 침투 시도를 세 번 했을 때 실시하려고 했습니다."

"세 번?"

"예, 그래야 124연대가 완패했다고 이야기하지 않겠습니까?"

대한의 말에 박희재가 웃음을 터트렸다.

"하하, 그래. 그래야 군말이 없겠지."

"예, 그래서 어제 실시하지 않았습니다. 만약 어제 세 번의 침투 시도가 있었다면……."

그때였다.

─전방에 거수자 1명 발견. 확인 후 보고하겠다.

작은 소리였지만 정우진의 목소리란 걸 단번에 알 수 있었나.

대한이 시간을 확인하고 말했다.

"이제 09시가 막 지났는데······."

"배 상사가 했던 계획에서 크게 변하지는 않을 것으로 예상했는데 전혀 아니었구나."

"마냥 쉬운 상대가 아닌가 봅니다. 일단 중대장 진지로 이동해서 확인 후 보고드리겠습니다."

"그래, 고생해라."

대한이 단장실에서 나와 정우진의 진지 쪽으로 올라가던 그때.

다시 무전이 울렸다.

이번에는 이영훈의 목소리였다.

-전방에 거수자 1명. 지뢰를 밟은 상태로 상황 설명 후 부상자로 간주하겠다.

음?

정우진과 이영훈의 진지는 많이 떨어져 있는데?

그리고 거수자가 단독으로 왔다고?

그때였다.

대한이 생각에 잠기기 무섭게 무전이 연달아 들어오기 시작했다.

-여기는 4진지. 전방에 거수자 1명. 진지를 발견 후 도주했습니다.

-22진지 전방에 거수자 2명. 식별과 동시에 도주했다고 알림.

−30진지 전방에 수상한 움직임 식별함. 일단 대기하겠음.

쏟아지는 무전에 대한이 눈살을 좁혔다.

뭐지? 갑자기 이렇게 쏟아져 들어온다고?

대한은 잠시 생각에 잠겼다.

그리고 금방 현재 상황을 파악할 수 있었다.

'사이즈 보니 정찰 온 거네.'

무전에서 말한 진지들의 위치를 생각해 보면 124연대는 공병단의 차단선 전체를 점검하기 위해 침투전을 벌이는 것 같았다.

그러니 바로 도주한 것이겠지.

그래서일까?

그 여유로움에 웃음이 났다.

'가용 병력에 여유가 있다 이거지?'

실전이라면 이런 미친 작전을 실시할 순 없을 것이다.

하지만 지금은 엄연히 훈련 상황.

나중에 욕을 먹더라도 이기는 게 중요한 듯했다.

'그럼 우리도 똑같이 사이즈 맞춰 줘야지.'

대한이 씩 웃으며 휴대폰을 꺼내 박태현에게 연락했다.

다음 권으로 이어집니다

로꾸부터
장군까지

천재 셰프 회귀하다

전사 현대 판타지 장편소설

독보적 미각의 천재 셰프
절망의 불구덩이에서 다시 기회를 얻다!

가스 폭발에서 사람을 구한 대가로
미각도, 손도 잃은 도건
재기를 마음먹은 어느 날
또다시 가스 폭발 사고에 휘말리고
한 번만 더 불 앞에 서기를 바라며 눈을 감는데……

미각과 손을 가져간 화마, 2회 차 인생을 선물하다!

고등학생으로 회귀한 후
과거의 지식과 경험을 바탕으로
요리계에 지각 변동을 일으키다!

요식업계 초신성에서 파인다이닝 오너 셰프까지
요리 명장의 인생 플레이닝!

꿈의 도약, 로크에서 하십시오
(주)로크미디어에서 신인 작가를 모십니다

즐거운 세상, 로크미디어는 꿈을 사랑하고 도전을 두려워하지 않는 작가 분들의 참신한 작품을 기다리고 있습니다. 21세기 장르 문학계를 이끌어 갈 차세대 선두 주자 (주)로크미디어에서 여러분의 나래를 활짝 펴 보시길 바랍니다.

모집 분야 판타지와 무협을 포함한 장르 문학
모집 대상 아마추어 작가, 인터넷 작가
모집 기한 수시 모집

작품 접수 시 유의 사항

1. 파일명은 작가명_작품명.hwp형식을 갖춰 주십시오.
1. 파일에 들어갈 내용은 다음과 같습니다.
   - 성명(필명인 경우 실명을 밝혀 주세요), 연락처, 이메일 주소
   - 제목, 기획 의도
   - A4용지 1장 분량의 등장인물 소개
   - A4용지 2장 분량의 전체 줄거리
   - 본문
1. 작품이 인터넷에 연재되고 있다면, 게시판명과 사이트의 구체적이고 정확한 주소를 기재해 주십시오.

선택된 작품은 정식 계약 후 출판물로 간행되어 전국 서점에 유통됩니다.
작가 분은 (주)로크미디어의 전폭적인 지원하에 전속 작가로 활동하시게 됩니다.
※ 자세한 내용은 로크미디어 홈페이지(rokmedia.com)를 참조하세요.

(04167)서울시 마포구 마포대로 45 일진빌딩 6층
(주)로크미디어 편집부 신간 기획 담당자 앞
전화 : 02) 3273-5135
www.rokmedia.com   이메일 : rokmedia@empas.com